友人キャラの俺がモテまくるわけないだろ？ 5

YUJINCHARA NO ORE GA MOTEMAKURU WAKENAIDARO?

世界一 Sekaiichi

illust.
長部トム
Osabe Tom

「優児君、頑張れぇぇぇっ!」
葉咲夏奈
(はさき・かな)

#パンケーキ
「わ、美味しそー」

「優児先輩っ！
カッコいいところ、
見せてくださいよーっ!?」
難しいことを考える必要はない。
ただ堂々と、全力を尽くして走れば良い。
友木優児
（ともき・ゆうじ）
池冬華
（いけ・とうか）
#体育祭

友人キャラの俺がモテまくるわけないだろ？　5

世界一

OVERLAP

CONTENTS

1. 友人キャラの二学期……3
2. 友人キャラのご挨拶……16
3. 友人キャラ的イベント……39
4. 主人公のヒロインは？……61
5. クラスメイト……109
6. 練習……122
7. 放課後バトンパス……138
8. 体育祭……154
9. お義姉ちゃん(?)……209
10. 友人キャラと……224
友人キャラと主人公……247

友人キャラの俺がモテまくるわけないだろ？

YUJINCHARA NO ORE GA MOTEMAKURU WAKENAIDARO?

世界一

イラスト／長部トム

1．友人キャラの二学期

高校二年の夏休み。

それが、青春を送る若者にとって重要な期間であることに間違いない。

だからこそ、俺が夏休みを有意義に過ごすことはない、と。

今までは、そう思っていた。

だが、実際に夏休みを終えた今、振り返ってみると様々な出来事があったように思う。

池《いけ》に誘われ、生徒会の合宿に参加したこと。

真桐《まきり》先生の抱える悩みを打ち明けられ、解決に協力したこと。

池、朝倉《あさくら》や甲斐《かい》と一緒に海へ行き、その後冬華《とうか》たちと合流し、遊んだこと。

友人である夏奈《かな》の誕生日を祝ったこと。

夏祭りに行ったこと。

そして、冬華と並んで、花火を見上げたこと――。

高校二年の夏休みは、不良と恐れられ、避けられ続けた俺にとって、真っ当すぎるほどの青春が経験できた夏だった。

そんな、これまでの人生で最も充実した夏休みも終わり、今日から二学期が始まる。

定期テストはもちろん、体育祭に文化祭、生徒会選挙に修学旅行と、この二学期では様々なイベントが起こる。

行事ごとが苦手なため、楽しめるなどと期待はしていないが、それでも多少はマシに過ごせるのではないかと考えつつ。

俺はいつも通りに登校し、いつもより騒がしい教室に入ろうとして、扉の前で一度立ち止まる。

……長期休暇明けの初日、俺はこの日が結構苦手だ。

休みの間にあった出来事を、楽しく話をしている級友たちが、俺が教室に入った途端、しんと静まり返る。普段よりもその落差が激しいのがはっきりとわかる。

そう思うと気が重くなるものの、いつまでもここにいても仕方がない。

意を決して扉を開け、教室の中に入る。

予想通り、教室の中では各々夏休み中の出来事を楽しそうにおしゃべりしている。

部活に精を出していたのか、すっかり肌が日に焼けた者や、逆に夏休みの間中引きこもっていたためか、青白くなっている者、開けたピアスを友人に見せびらかしている者など、様々だ。

俺が級友たちを見ていたように、近くにいた男子が俺を見て、呟《つぶや》いた。

「あっ、友木《ともき》君……」

ただ一言、それは微《かす》かな声だった。

しかし、その周囲にいた者には確かに聞こえていたようで、先ほどまでのおしゃべりを中断し、無言となる。

一部の無言が、周囲にも伝播《でんぱ》する。

いつしか教室内は、静寂に包まれていた。

このクラスの連中は、これまでよりもずっと俺に理解のあるやつらだとは言え、流石《さすが》に休み明けにこの強面《こわもて》を見るのはしんどいか。

そう思いつつ、俺は自席に向かうと——

「うっす友木！　久しぶりだな」

声をかけられた。

振り返りその声の主を見ると、朝倉だった。

「……ん？　どうした？」

不意に声を掛けられ、俺の思考には空白が生まれていた。

その様子を不思議に思ったのか、朝倉は首を傾《かし》げながら問いかける。

「……いや、何でもない。久しぶりだな、朝倉」

俺が朝倉に応える。

朝倉が「おう」と言うと、いつの間にか周囲の級友たちもおしゃべりを再開していた。

……助けてもらったか。

いや、朝倉の場合は、天然でこういうことをしているのかもしれない。

どちらにしても、良《い》い奴《やつ》だな、と俺は素直に感動した。

「それにしても、こうして話すのも割と久しぶりだよな」

「前会ったのが、一緒に海に行った時だしな」

俺がそう言うと、途端朝倉の表情が曇った。

どうしたのだろうかと思っていると、

「……一緒に海？　俺は夏休み中は部活漬けだったから、海に行く暇なんてなかったぞ」

「いや、朝倉が俺と池と甲斐を誘って――」

「俺は部活漬けだったから、海に行く暇なんてなかったぞ」

「お、おう」

朝倉が曇った表情をしながら、ＲＰＧの村人Ａみたいに、決まったセリフを繰り返す。

彼の様子を不審に思ったが、海に行った時のことを思い出し、俺は察した。

……小学生をナンパしてしまったことが、誰にも触れられたくない黒歴史になっていたんだな。

「……ああ、俺たちは海になんて行っていない。部活お疲れだったな、朝倉」

そう言って俺が朝倉の肩を叩《たた》くと、

「同情はやめてくれ。可愛《かわい》い彼女とクラスのアイドルを独り占めする超絶リア充の友木には、俺の気持ちなんて分からねぇっ……！」

朝倉は目尻に涙を浮かべ、「せめて爆発してくれ」と呟きつつ、悔しげな表情で自席へと戻っていった。

朝倉のその寂しそうな背中を見て、俺は困惑することしかできなかった。

それから、一つ呼吸してから、近くに来ていたクラスメイトに向かって話しかける。

「夏奈も、おはよう」

先ほどから俺と朝倉の会話に入ろうとタイミングをうかがっていた葉咲《はさき》夏奈に、俺は声をかけた。

「おはよう、優児君！　気づかれちゃった？」

「気づいてたぞ。朝倉の後ろでこっちを見ながらなんだか躊躇《ためら》っていたりしていることには」

「……う、うぅ。なんか恥ずかしいかな」

と顔を赤くして、夏奈はそう言った。

そういう風に言われると、途端に俺も照れくさくなる。

「夏祭り以来だな。とは言っても、夏奈とは連絡は取っていたから、久しぶりって感じはあんまりしないけど」

俺の言葉に頷《うなず》いてから、夏奈はゆっくりと口を開く。

「うん、久しぶりって感じはしないけど。……その、なんて言うか。なんか、あれだよね」

弱々しくそう呟いてから、手を不自然に握ったり、開いたりする夏奈。

……夏祭りの日、俺が夏奈の手を引いて歩いた時のことを言いたいのだろう、となんとなく察した。

しかし、そのことに触れるのはなんだか妙に気恥ずかしく思う。

俺は彼女から視線を逸《そ》らしてから、一言答える。

「悪い、あれが何のことかは、分からないな」

俺の言葉に、夏奈は残念そうに、そして少し不服そうにムッとした表情を浮かべる。

しかし、俺が目を合わせられないことに気が付いたらしく、どこか優しげに笑った。

「……二学期もよろしくね、優児《ゆうじ》君?」

「おう、こちらこそよろしくな」

交わす言葉がなんだか無性に気恥ずかしい。

その上、朝倉から怨念の籠った眼差《まなざ》しで見られている気がした俺は、話題を変えることにした。

「そういえば、池はまだ来てないのか？」

俺の言葉に、夏奈は池の席へ視線を向けながら言う。

「朝教室に来て、カバンだけおいてすぐに生徒会室に向かったみたいだよ。始業式には、あっちから直接行くんじゃないかな？」

言葉の通り、池の机には彼のカバンがあった。

池とも夏祭りぶりだったから、挨拶くらいはしておきたかったなと思いつつ、

「そろそろ、始業式始まるし。私たちも移動しとこっか」

夏奈の言葉の後、周囲のクラスメイトを見ると、確かに教室から移動を始めていた。

「そうだな」

俺はそう答えて、夏奈と一緒に教室を出る。

道中、久しぶりに俺を見た他クラスの連中に、

「ひぃっ、友木だ……」

「相変わらず怖ぇ……」

「おい、目を合わせんなよ、殺されるぞ」

などと、陰でこそこそ呟かれる残念なイベントがあった。

その際、隣を歩く夏奈が「カッコいいのに……」と呟いたのを、俺は聞こえていないふりをするのだった。

☆

退屈な始業式が終わり、体育館から出る。

そのまま教室に戻ろうとしたところで、真桐先生が前を歩いていることに気づいた。

「真桐先生、おはようございます」

夏休み中、彼女とは色々あったが、それでも学校では教師と生徒。

いくらポンコツっぷりを知っているからとはいえ、真桐先生は尊敬する恩師なのだ。

親しき中にも礼儀あり、とも言うし、こうして顔を合わせればこれまで通り挨拶する。

俺の挨拶を聞いて振り返る真桐先生は――どうしてか、動揺した表情を浮かべた。

……どうしたんだろうか？　そう思っていると、今度は頬を赤くして、気まずそうに、そして恥ずかしそうに視線を俯《うつむ》かせてから、口を開いた。

「おはようございます、友木君。夏祭り以来、ね。元気だったかしら？」

「はい。先生も元気そうでなによりです」

そう答えたは良いものの、真桐先生はどこかいつもに比べて様子がおかしいようにも見える。

そんな彼女は、周囲をキョロキョロと見回している。近くに聞き耳を立てている者がいないか、確認しているように見えた。

何か言い辛《づら》い話題なのだろうか？　そう考えていると、真桐《まきり》先生は周囲に人が少ないのを確認したのか、俺に向かって問いかけた。

「……少し話をしたいのだけど、今いいかしら？」

真桐先生の質問に、俺は首を傾げる。

「どうしたんですか？」

俺が頷いてからそう問いかけると、真桐先生は視線を泳がせてから、

「新学期も始まったことだし、いつまでも夏休み気分でいてはダメよ？」

始業式で校長先生が散々注意喚起したようなことを言った。改めてこんなことを言うなんて、珍しいな……と思いつつ、俺は答える。

「それは、自分に言い聞かせているんですか……？」

「そ、そんなわけないじゃないっ」

俺の言葉に、真桐先生は動揺を浮かべて言った。

もちろん、生徒が夏休み期間中であっても、同じように教師も仕事を休んでいるわけではないと知っている。

だから、彼女の浮かべた動揺は、俺に図星を刺されたから、というわけではないはずだ。

しばし思案した俺に、彼女は苦笑を浮かべてから、コホン、とわざとらしく咳《せき》ばらいをした後、口を開いた。

「友木《ともき》君の言葉、実は半分は当たっているわ」

真桐先生の言葉に、俺は首をひねる。

どういうことなのだろうかと思っていると、彼女は言う。

「さっきの話は、遠回りな言い方だったわ」

と前置きをしてから、続けた。

「改めて言うけれど、私は友木君と対等な関係だと思っているわ」

彼女の言葉に、俺は夏休み中のあれこれを思い出して、俺も彼女と同じように苦笑しつつ無言で応じた。

俺のその反応を見て、真桐先生は少しだけ優しく微笑《ほほえ》んでから、続けて言う。

「でもそれは、生徒と教師、未成年と成人という関係を除けば、ということよ」

「お互い親しくなったとはいえ、学校ではこれまで通りの関係でいよう、ということを言いたいわけですね。そういう意味で、さっきは『いつまでも夏休み気分でいてはダメ』って言ったと」

「そういうことよ。……残念だったかしら？」

揶揄《からか》うように笑う真桐先生。確かに、彼女の言葉は遠回しな言い方だった。

「そんなことはない、です……」

俺は彼女の視線から逃れるように視線を逸らしつつ、答えた。

決して残念というわけではないが……少しだけ寂しいような気がした。

「そう。……私は残念だと思っているわ」

「それは……どういうことですか？」

「ありのままの自分を受け入れてくれた相手だから、立場を超えた関係でありたいと思うのは、自然じゃないかしら？」

真桐先生は、微笑みを浮かべてそう言った。

彼女は、俺に対して深い信頼を寄せてくれているのだろう。それが、素直に嬉《うれ》しかった。

「……そう言ってもらえるのは、光栄です」

俺の言葉を聞いた真桐先生は、ジッと俺の表情を見てから、どうしてか呆《あき》れたように一つため息を吐《つ》いた。

それから、諦観を滲《にじ》ませながら呟《つぶや》いた。

「それも、少しだけ残念ね……」

残念、というのはどういう事だろうか？　そう思っていると、彼女が続けて口を開いた。

「二年生の二学期になったということは、高校生活もいよいよ折り返しね」

「そうですね」

「私は、あなた……たち、生徒全員が充実した、有意義な学校生活を送れるように、全力でサポートしたいと思っているわ。だから、悩み事や相談したいことがあれば、いつでも言いなさい。きっと、力になってみせるわ。……あなたが、私にそうしてくれたように、ね？」

　穏やかに笑う真桐先生。

　その表情がとても綺麗《きれい》で、俺は思わずどきりとしてしまった。

「……言われるまでもなく。頼りにしてます。これからも、よろしくお願いします」

　俺が答えると、真桐先生は頰を緩ませ、照れくさそうに髪の毛を指先で弄《いじ》る。

　夏休み、俺は真桐先生が父親に本心を言う手伝いをした。

　それを、律義に恩だと感じてくれているのだろう。

　そんなことじゃ返しきれない程、俺は真桐先生に恩がある。だから、気にしなくても良いのに。

　そう思いつつも、彼女の言葉が素直に嬉しい俺なのだった。

「急に呼び止めて悪かったわね。話したかったことは、お終《しま》いよ」

　ふぅ、と一度深呼吸をした真桐先生が、普段の凛々《りり》しい表情を浮かべて、そう言った。

「俺も真桐先生に挨拶したかったので、丁度良かったです」

「そう言ってもらえると、有難いわ」

　俺の言葉に、真桐先生は可愛らしくクスリと笑った。

「それじゃあ、失礼します」

俺は気恥ずかしくなってそう言うと、「ええ」と真桐先生が応じた。
俺は一度会釈をしてから、彼女に背を向け、教室に向かって歩き始める。
当たり前の、教師と生徒の会話。
そのはずなのに。
俺はなんだか、無性にくすぐったく感じるのだった——。

2．友人キャラのご挨拶

　今日は始業式がある関係上、午前中のみの授業だった。

　普段よりも早い時間の下校になるのだが、普段通り、俺は『ニセモノ』の恋人である冬《と》華《か》と帰路についていた。

「そういえば先輩、またなんかやっちゃったんですかぁ？」

　と、隣を歩く冬華から、唐突に甘い声音で、揶揄うように問いかけられた。

「俺がいつも何かしているような言いぐさはやめてくれ。というか、どうしてそんなことを聞いてくるんだ？」

「始業式の後、休み明けから真桐先生に指導を受けていた優児《ゆうじ》先輩の目撃談があったので」

　不良と思われている俺と、厳格で冷血だと思われている真桐先生が学校で会話をすれば、そう見られてしまうのは無理もないのかもしれない。

「普通に挨拶をしていただけだ」

「やっぱりそーなんですね。目撃してた子に、どうして優児先輩が指導を受けていたのかって訊《たず》ねても、二人とも怖くて近寄れなかった、……という情報しか聞けなかったので」

「一年はきっと、俺に『何見てんだコラ!?』とでも言われるかと思って、まともに見られなかったんだろうな……」

俺がそう答えると、彼女は笑って言う。

「もー、いじけないでくださいよぉー？　大丈夫ですよ、先輩が怖い人じゃないって、分かる人には分かるんですから」

「ああ、そうだな」

彼女の言葉に、俺は苦笑しつつ答える。

冬華はそれから、俺と目を合わせた。

しかしすぐに、どこか気まずそうに、プイと視線を逸《そ》らした。

「……先輩と会うのは、夏祭り以来ですよね」

「そうだな」

俺が答えると、冬華は胡乱気《うろんげ》な視線をこちらに向けてきた。

「……それだけですか？」

「あ？……ああ、そうだが」

俺がそう答えると、冬華はわかりやすくため息を吐いてから、口を開いた。

「久しぶりに会った超可愛《かわい》い彼女に対してそれだけとか、チョーがっかりなんですけど？」

胡乱気な眼差《まなざ》しを俺に向けながら、彼女は言う。

今度は俺が小さくため息を吐いてから、彼女に問いかける。

「なんて言えばよかったんだよ」

むぅ、と考え込む仕草をしてから、冬華は言う。

「相変わらず可愛い……とか？」

上目遣いに、甘えたような声音で彼女は言った。

「アイカワラズカワイイ」

「分かりやすい棒読み、とーってもムカつくんですけどー？　そういうのは私的にＮＧですからっ！」

もーっ、と可愛らしく拗《す》ねる冬華を見て、俺は少し安心をしていた。

夏祭りの夜、隣同士で花火を見上げた時に抱いた僅かな予感は、きっと俺の杞憂《きゆう》だったのだろうと思えたから。

「……どうかしましたか、先輩？」

不思議そうな声音で、冬華が問いかけた。

俺はゆっくりと首を振ってから「何でもない」と呟いた。

「それなら良いんですけどね。それじゃ、帰りましょっか？」

「あー、悪い。この後少し、生徒会室に寄ってもいいか？」

俺の言葉を聞いてから、冬華は呆れたように俺を見た。

「良いですけど、また兄貴に頼まれごとですか？　ホント、お人好《ひとよ》しですねー、先輩は」

不満そうに呟いた冬華に、俺は言う。

「いや、そういうわけじゃない。池《いけ》は始業式があったからか、忙しそうにしていてほとんど話せなかったし、他の生徒会の連中にも、挨拶だけでもしておこうかなと思ってな」

「なんというか、律義な感じですね」

と揶揄うように言いつつも、生徒会室に向かう俺の後ろを着いてくる冬華。

それからすぐに、生徒会室に到着した。

部屋の扉をノックする。

「はい」

部屋から返事が聞こえた。

扉を開けて生徒会室に入るとそこには……見知らぬ女子生徒がいた。

明るめの茶髪をポニーテールにして纏《まと》めた、利発そうな女子だった。

身長は低く、顔も少し幼く見えたので、一年女子だろうかと思いつつ、学年ごとに分けられる上履きの色を見ると、驚いたことに三年生だった。

「ん、なんだお前ら？」

その女子生徒は、気怠《けだる》そうな表情を浮かべつつ、俺たちに向かって問いかけた。

唐突な質問に、コミュニケーション能力が不足している俺は、無言で応じる。

そんな俺に、呆れたような視線を向ける冬華が口を開く。

「私は池冬華です。こちらの顔の怖い人は私の恋人である友木《ともき》優児先輩です。ちなみになぜ怖い顔をしているのかというと、生まれつきであり決して怒っているわけではありませんので、気にしないでください。ちなみに慣れると、案外可愛らしく見えてきたりもします」

「……フォローありがとう、冬華」

「どういたしまして、先輩」

冬華の言葉に皮肉を言うと、彼女は嬉しそうにニヤニヤと笑っていた。

「何イチャついてんだ、お前ら」

目の前の先輩がやれやれと肩を竦《すく》めてから、続けて言う。

「いや、お前たちが誰なのかは知ってる。一年主席の才女と、二年次席の秀才くんが、生徒会室に何か用だったのか？」

彼女は俺と冬華のことを知っているらしかった。

……自分で言うのもなんだが、俺は悪名高いわけだし、冬華も目立つから、認知されていても不思議ではないか。

にしても、俺と初めて話すにしては、全く怖がった様子がない。中々肝の据わった人だなと思いつつ、俺は口を開いた。

「休み明けなので、生徒会役員に挨拶でもと思ってきたんですけど。……ちなみに先輩はここで、何をしているんですか？」

俺が疑問を口にすると、彼女は苦笑を浮かべる。

「お前、生徒会の手伝いに良く来ているって聞いていたけど……あたしのことは知らないみたいだな？」

彼女の言葉に、冬華と目を合わせる。

冬華は、ゆっくりと首を振った。どうやら、冬華も彼女のことは知らないらしい。

「無理もないか。仕事は全部春馬《はるま》に任せて、生徒会室に来るのも久しぶりだし。認知されていないのは――うん、仕方ないな」

明るく軽い調子で彼女はそう言った。

それから続けて、

「あたしは……竹取輝夜《たけとりかぐや》。春馬の前任の生徒会長だ」

彼女は堂々とした態度でそう名乗った。

……と、言われても、前任の生徒会長なんて関わることが無かったし、一年時は学校行事もサボりがちだったため、端から見ることすら少なかったので、思い出すことができない。

そんな竹取先輩の言葉を聞いて、

「前任の生徒会長さんですか？……優児先輩はいまいちピンときていない様子ですけど……」

と、俺に向かって疑問を投げかける冬華と、「うっ」と言葉に詰まる俺。

そんな俺を、冬華と竹取先輩はじっと見ていた。

「人の顔を覚えるのは、苦手だからな」

視線を逸らしつつ、俺は答える。

竜宮《たつみや》の時もそうだったが、俺は人の顔を覚えるのが苦手なのだ。だから別に、竹取先輩が生徒会長として影が薄かったわけではない。

と思いつつ、俺は違和感を抱いて彼女に問いかけた。

「仕事は全部池に任せて、生徒会室に来ることは久しぶりって言葉から察するに、今は生徒会役員じゃないんですよね？」

「確かに。今は生徒会役員じゃないのに、何か用事があったんですか？」

俺と冬華は彼女の言葉を不思議に思い、そう問いかけた。

竹取先輩は堂々と胸を張って、答える。

「いや、あたしは今も生徒会役員だよ。庶務だけどな」

「つまり、三年生だから夏休み中は受験勉強を優先していて、休み明けに久しぶりに生徒会室に来たってことですか？」

冬華の言葉に、竹取先輩は人差し指を立て、左右に振りながら「チッチッチ」と言ってから、答える。

「生徒会役員なら真面目に活動をしているはず、という決めつけは良くないな。あたしは単に、生徒会活動をサボっていただけ」

あっけらかんとそう言ってから、彼女は続けて言う。

「生徒会選挙では、二期連続当選確実という下馬評を春馬に覆され、得票数では乙女《おとめ》にすら敗れたあたしは、春馬の口車にまんまと乗せられて生徒会の庶務をやっているものの……なんだか居心地が悪くて何かと理由をつけてサボっている、という情けない最上級生なんだよ」

腕を組みつつ、何故《なぜ》かドヤ顔で竹取先輩は言った。

俺と冬華は、なんだかいたたまれない気持ちになった。

「なんか、すみません」

「気にするな、あたしも気にしていない」

堂々と答える彼女を見て、この件に関してはもうそっとしておこうと俺は思い、冬華と顔を見合わせて頷《うなず》きあった。

それから話題を変えるために、冬華は口を開いた。

「それで、竹取先輩。他の生徒会役員の人たちは今、どこにいるんですかぁ？」

明るく、甘えたような声音で問いかける冬華《とうか》に、竹取先輩は答える。

「さーな。さっきも言ったように、あたしは基本生徒会をサボっているからな。あいつらが今どんな仕事をしているか分からないから、あいつらが今どこにいるのかもわからん」

「そんな自信満々に言われましても……」

ケロリとそんなことを言う竹取先輩に、冬華は呆《あき》れたように言った。

「新学期初日くらい、顔を出しておこうとここに来たとこだけど。役員が誰もいないんだから、困ったもんだよな」

竹取先輩は、ため息混じりにそう続けた。

「それって、自業自得だと思うんですけどー？」

間延びした声でツッコミをする冬華に、無邪気に竹取先輩は笑ってから、答える。

「だけど、運は良かったみたいだ。役員でもないのに生徒会室に入り浸る物好きなお前たちとは、機会があれば話をしてみたいと思っていたんだ」

そう言ってから、竹取先輩は冬華を見た。

値踏みするようなその視線に、冬華は身をよじる。

「冬華は、乙女が言っている通りの美少女だな。『冬華さんはとても綺麗《きれい》で素敵です。私もあんな妹が欲しい』って、春馬相手に熱烈なアピールをしているのをこの間聞いたぞ」

「仲良くしている先輩と実兄の恋の駆け引きのことを聞かされると、なんとも言えない気分になりますねー……」

と、気まずそうな表情を浮かべながら冬華は言った。

竹取先輩はというと、他人事《ひとごと》だからか楽しそうに笑っていた。

「んで、お前が友木優児《ゆうじ》」

楽しそうな表情から一転、鋭い視線で俺を見た竹取先輩。あまり良くない噂《うわさ》も多く聞いているのかもしれない。

そう思っていると、今度は「ふぅん」と、意味深にニヤリと笑った。

「何ですか、その反応?」

俺が問いかけると、

「そう怖い顔で睨《にら》むなよ、噂通りの良い男だなって思っただけだ」

別に怖い顔をしているつもりはなかったが、竹取先輩の言葉に俺は顔をしかめた。

噂通りの良い男? なんだそのツッコミどころしかないセリフは?

「やだなー、竹取先輩、人のカレピを揶揄《からか》うのは止《や》めてもらえますか? ちなみにその噂って一体どこで耳にしたんですか? 是非詳しく話を聞かせてもらえますかぁ?」

俺の代わりに、いくつもの問いかけをする冬華。

「あたしに狙われるって心配してるのか? 安心しろ、年下の男に興味ないから」

竹取先輩は揶揄うようにそう前置きをしてから、

「しかし、彼女として気になるって気持ち、わからないでもない。だけど心配性も度がすぎると、重い女と思われて、愛想つかされちまうぞ？」

と、あっけらかんとした様子で応えた。

その言葉に、やや動揺を見せる冬華。思いもよらない言葉に、戸惑ってしまったのだろうか？

「いえ、別にそういうわけじゃないんですけど。先輩は私にメロメロで浮気とか絶対ないわけですし？　そんなわけで、叶《かな》わぬ恋をしている人が万が一いるのなら、あまりにも可哀《かわい》そうだから早く諦めてもらうためにお声掛けをしようと思っただけなんですけど？」

不服そうな表情を浮かべ、髪の毛の先を指先で落ち着きなく梳《す》きながら、冬華は早口で言った。

その様子を見て、竹取先輩は意地悪く笑いながら、口を開いた。

「ちなみに、友木を良い男だと評したのは、お前の兄貴だよ」

ニヤリとする竹取先輩と、ハッとしてから見る間に顔を真っ赤にする冬華。

揶揄われたのだと気づいて、恥ずかしいのだろう。

そんな様子を見た竹取先輩は、にやにやと厭《いや》らしい笑みを浮かべながら、俺たちに向かって口を開く。

「いやー、可愛《かわい》らしい彼女だな、友木優児くん。羨ましい限りだ」

「……おかげさまで」

俺は彼女の言葉に呆れつつ、そう答えた。

冬華がムスッとして、なぜか俺のわき腹に拳を叩《たた》き込んでくる。

痛くはない、くすぐったいだけだが……本当になぜなのだろうか？

そんなことを考えるのだが、残念なことに冬華も竹取先輩も、その答えを教えてはくれなかった。

そんな風に俺が冬華から執拗《しつよう》なボディを喰《く》らい続けていると、生徒会室の扉が不意にガラリと開かれる。

視線をそちらに向けると、ちょうど池《いけ》たち生徒会役員が戻ってきたところだった。

「ん、優児と冬華……と、竹取先輩もいるなんて珍しいですね。三人とも、どうして生徒会室に？」

と、生徒会室に入った池が、俺たち三人を見て問いかけてきた。

「生徒会役員が生徒会室にいて何が悪い？　と言いたいところだが。あたしのこれまでの素行を考えればその質問は妥当だな、春馬」

謎の上から目線に俺と冬華は呆然《ぼうぜん》としていたが、生徒会役員にとっては毎度のことのようで、反応を示している者はいなかった。

「夏休み明けの初日だしな、顔出しに来たんだよ。それで、お前たちは今まで何をしてたんだ？」

「夏休み明けの初日だし、任期満了までみんなで頑張ろうってことで、お昼ご飯を一緒に食べてたんだよ」

そう言ったのは、竹取先輩と同じ三年生の田中《たなか》先輩だ。

彼の言葉を聞いた竹取先輩は、

「『みんな』の中に、あたしはいない……？」

と、どこか哲学的なことを呟《つぶや》きつつ、あからさまに狼狽《うろた》えていた。

「それは、竹取先輩が基本的に生徒会をサボり、私たちからの連絡も無視するからです。今回もきっと、誘ったところで無視されるだろうと思い、声をかけなかったんですよ」

副会長の竜宮が、冷たい表情で言い放った。

竹取先輩は、それを見てから「こほん」とわざとらしく咳《せき》ばらいをしてから、

「そ、そういうことなら仕方ないよな。……とりあえずあたしは帰るからな！」

じゃーな、と言って逃げるように出口へと向かう竹取先輩。

その背中に、竜宮と田中先輩は呆れたような眼差《まなざ》しを向けた。

「もう帰っちゃうんですか？　竹取先輩が手伝ってくれると助かるんですけど？」

と、鈴木《すずき》がその背に問いかけたのだが、

「いや。春馬《はるま》と乙女と田中がいれば、事務的には何の問題もないだろ」

竹取《たけとり》先輩が冷静にそう言い放つ。

「私は……？」

鈴木はその答えに不服そうに呟いていた。

そんな鈴木を見て楽しげに笑ってから、

「そんじゃ、優児と冬華も、またな！」

俺たちに向かって、竹取先輩はそう言った。

俺は無言のまま会釈をし、冬華は「お疲れ様でーす」と応じる。

それを見て、満足そうな表情を浮かべた竹取先輩は、そのまま生徒会室を後にした。

あの人、マジでなんもやらないんだな……。

俺は内心驚いていたが、ふと池に視線を向けると、さらに驚いた。

どうしたことか、竹取先輩がいなくなったことで、池が一瞬安堵《あんど》の表情を浮かべていたからだ。

俺の視線に気づいたのか、彼は一瞬焦りを見せてから、

「全く、困った人だよな」

と、曖昧に笑って言った。

なんと答えたものか分からず、俺は「大変だな」と一言応じた。

竹取先輩が、個人的に苦手だったりするのだろうか？

……完璧超人の池に、そんな弱点があるなんて思えないが。

「冬華さん、お久しぶりですね。休み明けにお会いできるなんて、嬉《うれ》しいです」

「乙女ちゃん、久しぶりですねー」

挨拶を交わす冬華と竜宮《たつみや》の声が聞こえて、俺の思考は中断された。

見ると、嬉しそうな表情を浮かべた竜宮が、冬華の手を握って挨拶をしているところだった。

「久しぶりだね、友木《ともき》君」

二人の様子を見ていた俺に、田中先輩が声を掛けてきた。

「どうも」

一言返すと、彼は少し恥じらうように笑ってから、口を開いた。

「竹取さんの言ったとおり、実務に支障が出ることは基本的にないんだけど、それでも人手が欲しい時はあるんだよね。一学期も君に助けられっぱなしだったけど、これからも暇なときに手伝ってくれると、すごく助かるんだけど……どうかな？」

「田中先輩、早速人手の確保に努めないでくださいよー。役員以外の人の手を確保するよりも、まずは竹取先輩を働かせるのが筋だと思うんですよ、私は」

田中先輩の言葉に、近くで話を聞いていた鈴木がダメ出しをする。

「あはは、それはまぁ、その通りなんだけど……。個人的には、友木君が頼りになるから、つい」

困惑を隠しもせずに、田中先輩はそう言った。

頼りになる、そう言われるとやはり悪い気はしない。

「……俺なんかで良かったら、いつでも手伝いますから。気軽に声を掛けてください」

「友木君って、結構チョロいね」

鈴木が優しく微笑《ほほえ》みながら俺に言う。

「そういう事は言わないようにしようね」

田中先輩は苦笑を浮かべつつ、鈴木を嗜《たしな》める。

「気にしてないですよ」

俺の言葉に、

「それなら良いんだけど。ありがとうね、友木君。改めて、今後ともよろしくお願いします」

そう言って、田中先輩は頭を下げる。

「こちらこそ」

俺も頭を下げてそう応えると、

「ところで優児。生徒会室に何か用があったんだよな？　待たせてしまって、悪かったな」

　今度は、池が申し訳なさそうな表情を浮かべて声をかけてきた。

「用ってわけじゃない。ただ、一学期から生徒会には世話になっていたからな。挨拶くらいはしておこうと思って来ただけだ。こっちこそ急に、悪かったな」

　俺が言うと、池は目を丸くし、それからクスリと笑った。

　その何気ない仕草が、彼のハンサムっぷりを加速させる。

　竜宮は冬華《とうか》との会話に夢中だが、この笑みを見ていたならきっと、彼女の目にハートマークが浮かんでいただろう。

「律義だな、優児は」

　優しげな視線に気恥ずかしくなった俺は、憮然《ぶぜん》として言う。

「……放課後にすることがないだけだ」

「冬華の前では、そういう事言わない方が良いんじゃないか？」

　池がニヤリと笑ってから、そう言った。確かに、彼女に聞かれれば、『放課後にすることが無いなら、これからは毎日学校終わりにデートができますねー』と、眉間にしわを寄せながら言われることだろう。

　俺はチラリと冬華を見る。

　どうやら竜宮と話をしていて、俺の声は耳に届いていないようだった。

ホッと一安心してから、竹取先輩のことについて池に対して問いかける。

「……にしても。えらい自由な人だな、竹取先輩って」

「本当は優秀な人なんだけどな。……それで、竹取先輩とはどんな話をしたんだ？」

何故《なぜ》か深刻そうな表情を浮かべて、池が声を潜めて問いかける。

「池に生徒会長の座を奪われたという自虐話？　を聞かされた」

「いくらなんでも、いきなり話したりはしないか……」

池は俺の言葉に安堵したのか、安心したようにそう呟いた。

「……竹取先輩との話が、どうかしたか？」

俺の言葉に、池は微笑みを浮かべてから口を開く。

「何でもない、気にしないでくれ。俺が言いたかったのは、竹取先輩は優秀だがいい加減な性格の人だから、適切な距離で接した方が良いぞ、ということだ」

その言葉を聞いて、俺は驚く。

池が他人に対し、決して好意的とは言えない言葉で評したのだ。

誰に対しても一定以上の敬意を払っているものとばかり思っていたのだが、竹取先輩のいい加減さは、池ですら辟易《へきえき》している、ということだろうか？

「会長の仰《おつしや》ったことには語弊がありますね。適切な距離ではなく、極力関わらないのが一番です」

いつの間にか俺たちの会話を聞いていたのか、竜宮がそう言った。

「つまり、竹取先輩は優秀だけど性格が悪いから、近寄らない方が良い、ってことですか？」

いつの間にか俺の隣に立っていた冬華も、竹取先輩に関する会話を聞いていたようで、竜宮に質問をした。

「性格が悪いというよりも……」

池が慌てて答えようとしたが、

「ええ、破綻しています」

彼の言葉を遮り、竜宮はきっぱりと断言した。

「……竜宮は、特に竹取先輩のことが苦手だから、極端な意見だと思うが……。とにかく、気を付けてくれ」

俺以外の人を悪《あ》し様《ざま》に言う竜宮にも、それをほとんどフォローしない池も、これまで見たことがない。

竹取輝夜《かぐや》。少し話をしたくらいでは垣間見《かいまみ》ることもできなかった彼女の正体とは、一体どんなものだ……？

「ところで友木さん。明日から夏季休暇明けの実力テストが行われるのは、ご存じですね？」

思案する俺に、竜宮が声を掛ける。

竜宮の言う通り、夏季休暇中の自学自習の成果がどの程度か確認する趣旨で、明日から三日間テストが行われる。

定期考査ではないが、成績上位者の順位は掲示板に張り出されるため、竜宮は気合を入れてテストに臨むのだろう。

「ああ、もちろん」

俺が頷《うなず》いてから答えると、竜宮は「ふっ」と鼻で笑ってから、言った。

「随分と余裕そうに見えますが、今日は一刻も早く帰宅し、机に向かった方が良いですよ？　前回の雪辱は、必ず果たしますので」

自信の窺《うかが》える笑みを見せ、彼女は胸を張って言った。

大胆不敵に笑う彼女は、続けて池《いけ》にも向かって口を開いた。

「会長も、学年一位を守りたいのであれば、必死になった方がよろしいかと。今回の私は、これまでと一味違いますので」

普段はあんなに池に対して好意的かつポンコツであるにもかかわらず、今日の竜宮は挑発的なことを彼に言った。

「今回のテストは、夏季休暇中の学習の定着度を見ることが主な目的だ。今から慌てて勉強をするよりも、これまでの積み重ねを信じて臨むべきと俺は思うが」

「余裕ですね、会長は。……それが油断や慢心でないと良いのですが」

「油断や慢心なんてしないさ。竜宮、勉学に熱心なのはもちろん良いことだが、あまり根を詰めない方が良い。体調を崩されでもしたら、かなわないからな」

池が微笑を浮かべつつ、竜宮に言った。

するとと彼女は、

「そ、それはつまり、私のことを大切に想《おも》っているということですか……？　か、会長っ、いきなりそんな恥ずかしいことを堂々と言うなんて、ズルいです……」

と、顔を真っ赤にして囁《ささや》いた。挑発的だった竜宮は見る影もなくなり、恋する乙女の顔を覗《のぞ》かせていた。

「ん？　竜宮、顔が赤いが……やっぱり、無理をして風邪でも引いてしまったか？」

難聴系鈍感主人公の池の耳には、竜宮の囁きは聞こえなかったらしく、彼女に向かって心配そうに問いかけた。

俺と冬華は、池に胡乱《うろん》気《げ》な視線を向けたが、当の竜宮は一度残念そうな表情を浮かべたものの、そのすぐ後にホッと息を漏らした。

「な、なんでもありません。体調も、問題ないですので、お気になさらず……」

「それなら良いんだが」

「ええ。ただ、今回のテストは私が一番を取ってみせますので、お二人とも覚悟をしておいた方がよろしいかと」

竜宮の宣戦布告を聞いて、俺は思う。

……そんなことよりこいつ、よくこれで今まで池に好意を気づかれなかったな、と。

テストにそこまで関心がない俺は、そんな風に感心するのだった——。

3．友人キャラ的イベント

夏休みが明け、既に一週間が過ぎた。

休み明けのなまった身体《からだ》もすっかり平常運転に慣れたころだ。

これから各種行事が目白押しの二学期。そのスタートダッシュとして行われた夏季休暇明けの実力テストも終わり、テストの返却も済んでいた。

今日は昼休みに学年全体のテスト結果が掲示板に張り出される日だった。

「おーい、池。竜宮《たつみや》さんが呼んでるぞー」

扉付近にいたクラスメイトから、池がそんな風に呼びだされた。

彼の声に、クラスの連中（主に女子）の視線が一気に扉付近に立つ竜宮に集まった。

クラスの女子たちの、『生徒会役員だからって、抜け駆けなんて許さない！』という念が込められた視線が向けられている当の竜宮は、平然としていた。

「そう言えば今日はテスト結果が掲示板に張り出されるんだったな」

池はそう呟《つぶや》いてから、立ち上がる。それから、どうしたことか俺の隣に歩み寄り、

「テスト結果を見に行きたいんだろうな。友木《ともき》も一緒に行こう」

ポン、と肩に手を置いてそう言った。

「……俺は遠慮しておく」

池と二人きりになりたいであろう竜宮に、後で文句を言われたくないしな。

そう思っていると、

「良いですね、是非とも友木さんもご一緒してください」

いつの間にか教室に入ってきていた竜宮が、俺にそう声を掛けてきた。

ぎょっとして、俺は彼女を見る。

俺に空気を読ませるために、わざわざ教室に入ってきたのだろうか？　そう思ったが、
彼女のニヤけ顔を見ると、嫌味の類ではないことが分かった。

俺の悔しがる表情を見たいのだろうか？　テストの順位で負けたところで、そこまで気にはならないのだが……。

そんな風に考えていると、周囲から注目を集めているのに気づいた。クラスの連中は、
生徒会会長と副会長の美男美女と並び立つ、強面《こわもて》の俺にも興味津々のようだ。

その視線に応えると、すぐに視線を逸《そ》らすクラスメイトたち。

二学期になった今も、このお約束なやり取りが変わらないことに、俺は奇妙な安心感を覚えていた。

「……それじゃあ、ご一緒させてもらおう」

周囲の視線も気になることだし、俺は竜宮にそう答えた。

彼女は挑戦的な笑みを浮かべ、

「それは良かったです。では早速、掲示板を見に行きましょう」

と告げ、三人で廊下に出る。

「あれ、優児《ゆうじ》先輩？……これから生徒会室にでも行くんですか？」

廊下を歩いていると、すぐに声を掛けられた。

「冬華《とうか》さん……！」

声の主は冬華だった。普段、昼食を誘いに来てくれているため、彼女が教室に来るタイミングと被《かぶ》ったのだろう。

俺が池や竜宮と一緒に歩いていることから、生徒会に用があると思ったのだろう、彼女はそう問いかけた。

「この間のテストの結果を、三人で見に行くことになったんだ」

俺の答えを聞いた冬華は、竜宮と池に視線を向けてから、大体を察したようだった。

「……あー、なるほど。それじゃあ、私も一緒に見に行っても良いですかぁ？」

竜宮に視線を向けて、冬華は言った。

「もちろんですよ、冬華さん」

竜宮が感動の表情を浮かべながらそう言った。『私が一位になる瞬間を、一緒に見てくれるんですね!?』と内心喜んでいるのだろう。

冬華は、二年のテスト順位なんかどうでも良い、と思っているに違いないだろうが。

しかし竜宮は、冬華の同行が嬉《うれ》しかったのか、それとも俺と池の悔しがる表情を思い浮かべているのか、邪悪な笑みを抑えきれていなかった。

――その笑みを見て、俺はどうしても心苦しくなっていた。

☆

第二学年　夏季休暇明け実力テスト結果

第一位　５００点　池　春馬《はるま》

第二位　４９６点　友木　優児

第三位　４９１点　竜宮　乙女

☆

「え、キモ……」

一緒に掲示板を見に行った冬華の固い声が、隣に並ぶ俺の耳にも届いた。

それから彼女は、続けて言う。

「流石《さすが》に満点はキモいというか……ケアレスミスすらしないのは普通にキモいんですけど」

冬華はドン引きし、池に向かって軽蔑にも似た眼差《まなざ》しを向けていた。

池は苦笑を浮かべていたが、内心傷ついていたことだろう。

確かに全教科満点はすごいが、満点を取ることくらい、池にとっては珍しいことでもないだろう。

そう思いつつ、俺はもう一人この場にいる少女に目を向ける。

竜宮は、この結果を見てどう思っただろうか？

彼女は両手で顔を覆い、周囲から表情を見られないようにしていたが、耳まで真っ赤になっていることがすぐに分かった。

そして震える肩を見て、無理もないと俺は思う。

あれだけ大口を叩《たた》き、先ほどまで嬉しさのあまりにやけ面を浮かべていたのに、池どころか俺にすら及ばない三位という結果なのだ。

俺は竜宮の羞恥に悶《もだ》えるその姿を見て、流石に申し訳なく思う。

無言で竜宮を見ていると、深呼吸を繰り返し、気持ちを落ち着かせようとしている。

彼女の様子に気づいた池《いけ》と冬華の二人と、顔を見合わせる。

俺は、池と冬華と無言のまま頷《うなず》きあった。

おそらく今、竜宮はとんでもなく恥ずかしがっている。だから、彼女がこれからどんな行動をしても、優しい言葉をかけてあげよう。

暗黙のうちに、俺たちはそう共有した。

それからしばらくして、深呼吸をやめた竜宮。

顔を覆っていた両手を口元にずらし、コホンと可愛《かわい》らしく一つ咳《せき》をしてから、普段のおすまし顔を浮かべた。

……しかし、未《いま》だ赤く染まっている頬を見るに、羞恥を抱いているのは明白だ。

もちろん、俺たちは誰一人としてそこには触れない。

彼女はもう一度だけ可愛らしく咳をしてから、こちらに視線を向けて口を開いた。

「会長、友木さん。……お二人とも、前回同様の結果、おめでとうございます。私も夏休み期間を利用して勉学に励んだつもりでしたが、お二人に比べればまだまだだったようですね」

すっかり普段通りのような言葉だったが……視線が俺と池の間をキョロキョロと泳ぎまくっているし、口元はふにゃふにゃしていて様子がおかしい。

それに、もう一つ彼女が精神的なショックから回復できていない証左があった。

「すみませんが、みなさん。私は急用を思い出しましたので、失礼させていただきます」

綺麗《きれい》な会釈をしつつも、悔しさと恥ずかしさのためだろう、スカートの裾を握る手が震えていた。

俺たちはその哀愁漂う背中に声をかけることができないまま、彼女は立ち去った。

……俺は、池と冬華と再び顔を見合わせた。

「……大丈夫ですかね、乙女《おとめ》ちゃん。かなりイキってたのに、兄貴にも優児先輩にも負けちゃって」

心配している様子の冬華は、俺の視線に気づいたのか、

「誰かに勝ちたい気持ちも、勝てない悔しさも。私は分かってるつもりですから……」

どこか気恥ずかしそうに言ってから、プイと俺から視線を逸らせた。

他人事《ひとごと》とは思えない、そう言う冬華の横顔は、とても優しそうに見えた。

「このまま放ってはおけない。……少しだけ様子を見に行ってはくれないだろうか？」

「俺がか？　池……は確かに今、声をかけるべきではないだろうが、俺よりも冬華の方が良いんじゃないか？」

俺の純粋な疑問に、池は首を振ってから答える。

「竜宮はきっと、冬華の前では格好つけてしまうからな。優児なら、気兼ねなく話せる

……可能性が一番高い」

池が断言できなかったのは、俺も竜宮を負かした相手には違いないからだ。

「分かった。少し様子を見てくる。一緒に昼飯食べられないかもしれないが、良いか、冬華？」

俺が冬華に向かって問いかけると、

「……しょうがないですね、こんなに可愛くて健気《けなげ》な彼女をほったらかすなんて、普通はありえませんけど。今回は特別ですよ？」

はぁ、とわざとらしいため息を吐《つ》きながら、彼女は答えた。

「悪いな」と俺は呟いてから、そういえばと考える。

「そうだ、池。竜宮はどこに行ったか分かるか？　教室に戻ったのか？」

俺の疑問に、池は優しげな微笑を浮かべてから、答える。

「ああ、竜宮はきっと――」

☆

生徒会室の入り口の前に、俺は立っていた。

そこに竜宮がいるだろう、と俺は池から聞いた。

生徒会室の中から、竜宮《たつみや》が何か喚《わめ》いているのが廊下からでも聞こえた。

俺はゆっくりと扉を引き、微《かす》かに開いた隙間から、部屋の中の様子を見た。

そこには、椅子の上に体育座りをして、何かぼそぼそと呟《つぶや》いている竜宮の姿があった。

分かりやすく落ち込んでいるな、そう思いつつ彼女が何を呟いているのか聞こうと、耳を澄ませる。

周囲から大きな物音は聞こえない。徐々に彼女が何を言っているのか聞き取れるようになり――。

「――ありえないです、あんなに頑張ったのにどうして私が負けてしまったのでしょう。そもそも満点とほぼ満点って、どういうことなんでしょう？　ああ、悔しい。……どうして調子に乗って面と向かって宣戦布告なんてしてしまったんでしょう、恥をかいてしまいました……。どうしてくれましょう、会長とはいずれお付き合いした時に笑い話になるかもしれませんが友木《ともき》さんの場合そんなことはあり得ないので、いっそのこと一思いにその命で贖《あがな》ってもらいましょうか……」

――竜宮はどうやら病んでいるようだった。俺の殺害を目論《もくろ》んでいるあたり、間違いないだろう。

俺は一度その光景から目を逸らし、深呼吸をする。

あのお淑《しと》やかな生徒会副会長様が、あんな醜態を晒《さら》すわけがない。聞き間違いだろうな。

そう思い、今度は見間違いを防ぐために両目を擦《こす》ってから、もう一度扉の隙間から生徒会室を見た。

「あぁぁぁ、悔しい、恥ずかしい。——ああああああああああああ」

と、頭を抱えながら低い声で呻《うめ》く、美少女生徒会副会長のなれの果ての姿がそこにはあった。

——その、美少女生徒会副会長のなれの果ての姿を見ながら、俺は思う。

……酔っぱらって自分の秘密を告白した真桐《まきり》先生に比べれば、インパクトに欠けるな。

そう考えれば、メンタルがヘラって物騒なことを呟き続ける竜宮なんて、可愛いものだ。

フッ、と俺は自嘲気味に嗤《わら》う。俺もなんだかんだで成長しているんだろうな……。

俺は一つ深呼吸をして気持ちを整えてから、再び生徒会室を覗《のぞ》き見て、竜宮の様子を確認する。当然のように、そこには椅子の上で丸くなる竜宮がいる。

彼女の様子を見守りながら、流石に今の状態で声をかけるのは難しそうだと思った。普段、凜々《りり》しくあろうと努めている竜宮だからこそ、今の姿を見られるのは嫌だろう。

……なんて考えていると、竜宮の呟きが耳に届いた。

「会長も友木さんも意味分かんない。何あの点数、あんなんチートやチーターやん」

と491点という高得点を叩き出した自分のことを棚に上げげつつ、何故《なぜ》か関西弁で悔しげに呻いた竜宮。

意外なことに彼女は、某大人気アニメを嗜《たしな》んでいるようだった。

「というか、やはり私は友木さんのことが気に入りません」

そして、竜宮は拳をギュッと握り顔を上げ、そして呟く。

「決して悪い人じゃないのは分かっていますけど……。私を差し置いて会長と仲良くするし、あんなに可愛らしい冬華《とうか》さんともイチャイチャしているし。私の欲しいものを全て手に入れている、あの擬人化された強欲は、どうしても……気に入りません」

竜宮の望むものがとある兄妹《きょうだい》に限定されすぎている……。

そんな風に呆《あき》れつつも、俺は彼女の救いを求めるような表情を見て、放っておいてはいけないと、そう思った。

今この場所で、俺が彼女に声をかけるべきではないとは理解できる。しかし、その言葉を聞かないふりをすることはできない。

きっと、彼女のように、……いや、彼女以上に。

俺が池や冬華と一緒にいることを快く思わない人間は、大勢いるはずだ。

だけど、池は俺を友達だと思ってくれている。

そして冬華は、俺を信頼して一緒にいてくれている。

だから俺は、あの主人公の友人キャラとしての矜持《きょうじ》を貫くために、生徒会室の扉を勢いよく開けた。

彼女は俺の入室に気づき、体育座りを止《や》めて勢いよく行儀よく椅子に座り直した。それから、両目を見開き、慌てた様子で俺に問いかける。

「と、友木さん？　どうしてここに？」

平然を努めているが……目尻には涙が溜《た》まり、耳まで真っ赤に染まっているので無駄な抵抗だった。

「人の気配があったんで中を確認したら、竜宮が物騒なことを呟いていたからな」

俺の言葉に、竜宮はしばし呆然《ぼうぜん》としてから、

「す、少し、お話をしましょうか？」

と、無理やりに笑みを浮かべて、そう言った。

☆

生徒会室で、俺は今竜宮と向かい合っていた。

彼女は手慣れた様子で、俺に紅茶が注がれたマグカップを差し出した。

「どうぞ。……毒なんて入っていませんので、ご安心を」

などと、逆に不安になってくるようなことを言う竜宮。

俺は愛想笑いを浮かべつつ、「ありがとう」と一言返し、そのマグカップを受け取った。

竜宮は自分の分の紅茶に口をつけてから、

「それで……どこから、聞いていたんでしょうか？」

固く強張《こわば》った声で、俺に問いかけた。

ここでつまらない嘘《うそ》を吐いても仕方ない。そう思い、正直に告げる。

「竜宮が生徒会室で一人、言葉にならない悔しさをひたすら呟いていたところから」

その言葉を聞いた竜宮はというと、

「……うぅ」

と呻きつつ、顔を両手で覆っていた。もちろん、耳まで真っ赤になっていた。自分のイメージが崩壊し、酷《ひど》いことを言ったのを聞かれたのが恥ずかしいのだろう。

それからしばらく無言でそうしていた竜宮。

数回深呼吸を繰り返し、落ち着いたのか彼女はもう一度俺に向かって問いかける。

「それでは……その。私が友木さんをどう思っているのかも、聞いてしまったんですね？」

気まずそうに尋ねる竜宮に、俺は無言のまま頷いた。

すると彼女は、深くため息を吐いてから、俺に頭を下げた。

「そうです、お気づきになられていなかったでしょうが。私は、友木さんのことが苦手です。……陰口のような形になってしまい、すみません」

そう言って、彼女は頭を下げて謝罪をする。

「『あなたのことが嫌いです、ごめんなさい』なんて、面と向かって言われるのは、なんだか変な気分だな。……俺の方こそ、竜宮の見られたくないところを覗き見てしまって、悪かったな」

俺の言葉に、

「そうですよ、覗き見なんて趣味が悪いです！　やっぱり私は、友木さんが苦手です！」

竜宮は激しく同意し、そう言った。

「あれ、そういう流れだったのか……？」

動揺の色を浮かべた俺に、竜宮は暗い表情を浮かべて深くため息を吐く。

「……友木さんと関わるようになってから、上手《うま》くいかないことばかりです」

彼女はそう前置きをしてから、続けて言う。

「学業では追い抜かれ、仲良くなりたいと思っていた冬華さんはあなたのことばかり見ているし、生徒会でも頼りにされて、私の情けないところは見られ……。私の会長に対する想《おも》いさえ知られてしまった。誰にも打ち明けなかった、私の想いを」

落ち込んだ様子の竜宮。

夏休み、冬華と一緒に偶然出会ったあの日に、俺は竜宮の池《いけ》に対する想いを聞いていた。

だが……。

「竜宮に言っておきたいことがあるんだが」

「……何でしょう？」

「竜宮は露骨に態度に表れるから、俺のことが苦手なのはとっくに気づいていたぞ。それと、同じように、竜宮が池に惚《ほ》れていることも、態度を見て周囲の人間も気づいていると思うぞ」

　俺の言葉に、戸惑った様子の竜宮。

「……それは、どういうことですか？」

「俺と池や冬華に対する態度があまりにも違うから、見ていれば分かる。むしろ今まで、誤魔化すつもりなんてないくらいだと思っていたんだが」

　あまりにも呆然とした表情を浮かべていた竜宮に、俺は心配になって問いかけた。

　すると彼女は顔を真っ青にしてから、

「それじゃあ、会長もすでに私の気持ちに気づいて……？」

　動揺の色を浮かべてそう言った彼女。どうやら本気で誰にも気づかれていないと思っていたようだ。

　俺は竜宮を安心させるように言う。

「いや、池は自分に向けられる恋愛感情には異常に鈍いからな、気づいてはいないだろ」

　俺の言葉に、竜宮はホッとするものの、どこか残念がっているような、複雑な表情を浮かべた。

それから、俺に不満を宿した眼差《まなざ》しを向けてから、口を開く。

「……友木さんに恨み言を言うのは、筋違いだっていうのは分かっているんです。友木さんと関わるようになってから上手くいかないことばかりというのは、ただの難癖だと。それでも……どうしても。私はあなたに対して、劣等感を抱いてしまうんです」

俺は、彼女の言葉に自嘲気味に嗤う。

劣等感？　そんなものを俺に対して抱くなんて、竜宮は全く人を見る目がない。

「俺は竜宮に劣等感を抱かれるような、上等な人間じゃない。……俺のことを知らないから、そんな勘違いができるんだと思う」

俺の言葉に、訝《いぶか》しむような表情を浮かべる竜宮。

「俺も、竜宮のことは知らないことだらけだ。だから俺にも、竜宮のことを教えてくれないか？」

「ど、どうして私がそんなことをしなくてはいけないんですか……？」

「竜宮の力になりたいと、俺が思ってしまったからだ」

俺は、真剣に彼女に向かってそう告げた。

俺が悪ふざけで言っているわけではないと分かってもらえたのだろう。竜宮は、思いつめた表情を浮かべ、潤んだ瞳を俺に向けながら、口を開いた。

「私のこと……」

羞恥に頬を染め、制服のスカートの裾をギュッと小さな手で握りしめる。まるで、今から俺が彼女から、愛の告白をされるのでは、と勘違いをしそうになるくらい、真剣な様子だ。

「改めて言う事じゃないかもしれませんが。私は……会長と、お付き合いをしたいんです」

竜宮《たつみや》の頬は、羞恥から上気し、弱々しくも期待を込めた眼差しを俺に向けてきていた。

俺は、彼女の不安そうなその表情を見て、一度大きく頷《うなず》いた。

俺の反応を見て嬉《うれ》しそうに表情を綻ばせた竜宮は、とても可愛《かわい》らしかった。

「友木《ともき》さんには、私の言いたいことが分かるんじゃないですか？」

竜宮の言葉に、俺は大きく頷く。

彼女の池に対する好意に気づいている。

そして、彼女が何を求めているのかも。

「ああ、分かっている。池と付き合うために、俺にできることがあれば協力する」

俺の返事を聞いた竜宮は、喜びを胸に満面の笑みを浮かべて言った。

「ありがとうございます！　友木さんは会長と親しくしているので、頼りにしています」

「あんまり期待をされても困るが……できる限り力を貸すと約束する」

俺の言葉を聞いて、ホッとした表情を浮かべてから、竜宮は惚《ほう》けた表情で続けて言う。

「はぁ、とうとう会長がその意外なほどたくましい腕で私を抱きしめる時が来るのですね。普段、会長の写真を加工して作った抱き枕を利用して予行練習をしていたのですが、いざ実際に生身の会長から腕枕をしてもらうとなったら、どうしても緊張してしまいますね」

竜宮が可愛らしくはにかみながら、あまりにも残念な秘密を唐突にカミングアウトしてきた。

「運動部に所属していない会長の上腕が意外なほど鍛えられているのは、きっと恋人に腕枕をするためでしょう。つまり何が言いたいかというと、私は深く理解しています。会長といえど思春期……とどのつまり、思春期だということを……!!」

唖然《あぜん》とする俺をよそに、竜宮は興奮した様子で言葉を続ける。

「故にあり得るのです……私の魅力にめっぽう参ってしまった、会長の暴走が……！　でも、うふふ。残念でしたね、会長？　私は会長に心を許してはいても、容易《たやす》く身体《からだ》まで許すような女ではないのです。だから、もう少しだけ――待っていてくださいね？」

「悪かった。……俺が悪かったから、これ以上はやめてくれ……」

竜宮の内に孕《はら》む闇が、紡ぐ言葉から溢《あふ》れてやまない。彼女の戯言《たわごと》を聞かされた俺は、もうとっくに限界を超えていた。

両手で耳を塞ぎつつ、俺は彼女に向かって哀願した。

「これは、失礼しました。少々取り乱してましたね」

僅かに頬を朱色に染めた竜宮が、照れ臭そうにしながら言った。

少々なんてレベルではない。こいつはこの小さな身体に、どれほどの闇を抱えているというのだろうか。

……思っていたよりもずっと、竜宮がヤバい奴で動揺した俺は、それでも正気を保ちつつ、彼女に向かって言う。

「……とにかく、まだ池と付き合ってもいないのに、それは気が早すぎるんじゃないか？」

俺の当然の疑問に、彼女は笑顔で答える。

「ええ、そうですね。まずは会長に告白をしてもらわなければなりませんよね」

「……どういうことだ？」

竜宮が何を言ったのか、一瞬わからず、俺は素で聞き返していた。

「どうしたのですか、友木さん？」

キョトンとした様子の竜宮が、俺に問いかけてきた。

「竜宮が池に告白をすればいいんじゃないか？」

俺の言葉に、竜宮は「ははぁ」と意味深に呟《つぶや》いてから言う。

「分かっていませんね、友木さん」

「……どういうことだ？」

ドヤ顔を浮かべる竜宮に、俺は問いかける。

するとと彼女は、どこか恥ずかしがるように、顔を背けてから言う。

「好きな人に告白してもらいたいって思うのは、女子なら当然のことじゃないですか……」

頬を赤らめ、恥じらうように言った竜宮。

突然、真っ当に可愛らしいことを言われた俺は、ただただ反応に困ってしまった。

「……その、さっきも言ったが。俺にできることなら協力を惜しまない。だから……竜宮から告白してみるのはどうだ？」

「……それでも私は。会長に告白をしていただくしかないんです」

俺の言葉に、竜宮はそう断言した。

告白をしていただくしかない、というのはおかしな言い回しだ。

だが、これまでのような頭空っぽの状態とは違う意志が感じられた。

俺は、深刻な表情を浮かべている彼女に向かって、言う。

「告白をされたいのなら、これからどうするつもりなんだ？」

俺の問いかけに、彼女はゆっくりと頷いてから、真剣な眼差しでこちらを見て言った。

「それはこれから考えます！」

勢いよく元気よく答えた竜宮。

俺は思わず、苦笑を浮かべる。

『考えてないのかよ？』と、内心そうツッコむものの、言葉にすれば勢いで無理難題を吹っ掛けられる可能性もある。

こういう場合は、とりあえずスルーしておいたほうが良いだろう。沈黙は金なり、とも言うことだしな。

「その前に、一つお願いがあるのですが……」

沈黙する俺に竜宮はそう言った。

「お願い？……なんだ？」

彼女はどこかもじもじとした様子を見せた。

これは、よっぽどとんでもないお願いが飛び出すのではないか……？

俺は彼女の口からどんな言葉が放たれるか、身構える。

「会長に恋人がいないのは分かっていますが、好きな女性のタイプや……現在好きな方がいるかどうかを、ご存じでしたら教えていただきたいです」

意外にも彼女は、かなり真っ当で、その上可愛らしいお願いを口にした。

ほっと一安心してから、彼女に答える。

「池とはそういう話をしたことがないから、分からないな……折を見て、聞いておく」

俺が答えると、彼女は顔を赤く染めてから、

「友木さん、これから頼りにしています。……どうぞ、よろしくお願いいたします」

そんな殊勝な言葉を告げてから、朱色に染まったままの表情で、可愛らしく笑顔を向けてきた竜宮。

そして彼女は、俺に向かって右手を差し出した。

その右手に視線を落としながら、俺は答える。

「できる限りはするが……正直、期待はするなよ」

俺はそう言ってから、彼女から差し出された手を握り返す。

それから互いに目を合わせて、俺たちは笑い合うのだった。

——こうして。

主人公に好意を寄せる女子のサポートをするという、なんとも友人キャラらしいイベントが、始まることになった——。

4．主人公のヒロインは？

竜宮から恋愛相談を持ち掛けられた放課後。

「先輩、今日はどこか寄り道していきませんか？」

教室に迎えに来てくれた冬華《とうか》と合流し、それから廊下を歩いていると、彼女からそう提案された。

「ああ、構わないが……夏季休暇明けのテストの打ち上げでもするのか？」

俺が尋ねると、冬華は首を横に振ってから、口を開いた。

「今日は優児《ゆうじ》先輩、私とのお昼をすっぽかしたので、その埋め合わせです。テストの打ち上げは、別日でお願いします」

半眼で俺を見ながら、彼女は硬い声音で言った。

確かに今日は、竜宮との件があったから冬華と一緒に昼を食べられなかった。

『ニセモノ』の恋人とはいえ、なんだかんだ慕われていることに、俺は嬉しくなって答える。

「ああ、そうだな」

「やった！　それなら駅前のカフェに行ってみましょーよ！」

と、楽しそうに笑みを浮かべて冬華は言った。

「ああ、そうするか」

冬華の言葉に、俺が答えると……。

「それなら、私も一緒に行っていいかなー?」

後ろから声が掛けられた。

振り返って声の主を見るとそこには、夏奈《かな》がいた。

いつの間に背後に来ていたのだろうか? というか、テニスの練習は大丈夫だろうか?

などと思っていると、

「今日は練習お休みだから、優児君と一緒にいたいかなー、って」

俺の視線に気づいたのか、夏奈はそう言って俺の腕に自分の腕を絡めてきた。

「事情は分かったから、とりあえず離れてくれるか?」

俺は夏奈にそう言ったのだが、彼女は「えー、良いでしょー?」とさらに固く俺の腕を締め付けてくる。

いや、良くない、離してくれ……と、夏奈の恥ずかしそうな表情を見つつそう思っていると、

「私は葉咲《はさき》先輩と一緒にいたくないので、さっさと帰って一人で自主練しててくださーい?」

そう言いつつ、不機嫌そうな冬華が夏奈の腕に手刀を振り下ろした。

俺の腕にも思いっきり当たっていて、これが結構痛かった。……わざとじゃないよな？

「……あ、冬華ちゃんいたんだー。ごめーん、全然気づかなかったよー」

口角は上げつつ、しかしその瞳は全く笑っていない夏奈が、不承不承俺から手を離しつつ、そう煽《あお》った。

「わー、葉咲先輩。泥棒猫ムーブが板についてきましたね。ただ、色仕掛けのワンパターンで、優児先輩も内心飽きてきてると思いますよ？」

冬華も全力で煽り返す。

俺を挟んでにらみ合う冬華と夏奈を見て、こいつらホント仲良いよな……と、感心する。

「三人で行けば良いんじゃないか？」

俺は一つため息を吐《つ》きつつ、そう言った。

すると、夏奈は満面の笑みを浮かべてから、

「やった！　優児君は話が分かるよね！」

と、幸せそうな笑みを浮かべつつ言い、

「……先輩のバカ」

と、冬華は不満を隠しもせずに言うのだった。

☆

靴箱で上履きからスニーカーに履き替え、外に出る。

両隣には冬華と夏奈の二人がいるが、彼女らは飽きもせずに未《いま》だに言い争っている。

俺がそんな二人の会話を聞き流しながら歩いていると……、

「アニッ……友木《ともき》センパーーイッ！！！」

と、俺の名を呼びつつ、こちらに駆け寄ってくる人影があった。

俺がそちらに視線を向けると、こちらに向かって一人の男子生徒が全力で走ってきていた。

「うわ……さっさと帰りましょ、先輩？」

と冬華がその男子生徒に視線を向けながら呟いた。

「今日も平常運転だな、冬華は。少し話をするくらい、構わないだろ」

「確かに、ちょっとくらい甲斐《かい》君とお話しても、良いんじゃない？」

俺と夏奈は苦笑を浮かべつつ冬華に言う。

冬華は悔しそうな表情を浮かべる。そろそろ仲直りをしても良いのに、と思うのだが、そう簡単にはいかないらしい。

「お疲れ様っす、友木先輩！　今帰りっすか!?」

甲斐が、俺に頭を下げてから問いかける。

「ああ。今から帰るところだ。甲斐は部活か。……というか、本当に日焼けしたな」

甲斐の言葉に応えてから、俺は驚いた。

夏休み中の練習の賜物《たまもの》だろう、甲斐の肌はすっかり浅黒く日に焼けていた。

これまでより一層ワイルドな印象を受ける。夏休み前よりも女子生徒からの人気は上がっていそうだなと、俺は思った。

「……っ！　友木先輩が、俺の変化に気づいてくれるなんて、感激っす！」

甲斐は俺の手を取って、真剣な眼差《まなざ》しを俺に向けてきた。彼が俺の手を握る手に、力が込められている。

俺なんかのことを本当に尊敬してくれている様子の甲斐に、俺は嬉《うれ》しくなるのだが、

「……え？　ちょっとまって冬華ちゃん。……え、これってそういうことなの？」

「そうです。自分がいかに能天気だったかわかりましたか？」

「うん、これはちょっと、反省かな……」

「仕方ないですよ、葉咲先輩は優児先輩の彼女ではないので」

ドヤ顔をお披露目しながら、冬華は言う。

夏奈は、これまでのように言い返すと思いきや、申し訳なさそうに冬華を見ていた。

一体、どうしたのだろうか？　そう思っている俺の耳に、甲斐の言葉が届いた。

「そうだ、友木先輩！　もうすぐ体育祭っすね！」

「そうだな。あと一か月と少しってところだな」

この学校では、体育祭が10月半ばに行われる。

大きな学校行事の一つだから、体育会系の甲斐はやる気に満ち溢《あふ》れているのだろう。

「俺、先輩の活躍、すっげー楽しみにしてます！」

屈託なく笑い、甲斐は無邪気にそう言った。

俺は教室で浮いているから、こういった学校行事ではあまり出番はないんだが……と思いつつ、期待の目を向ける後輩に、流石《さすが》にそんなことは言えない。

「……ああ、そうだな。それじゃ、甲斐。俺たちはもう帰るが、部活頑張れよ」

俺は気まずい思いを隠しつつ、甲斐に向かってそう言った。

彼は、どこか残念そうな表情を浮かべてから、未だに握っている俺の手を、さらに何故《なぜ》かさすってから、

「うっす、お気をつけて」

と、俺の手を握りしめながら言った。

「いやー、甲斐君にはそれ言われたくないと思うんですけど？」

「うんうん、ちょっと優児君が鈍いからって、そんなあからさまなセクハラはＮＧかなー」

そう言って、冬華と夏奈が、交互に俺と甲斐の手に手刀を繰り出してくる。

甲斐は鬱陶しいとでも言いたげな表情を浮かべてから、手を離した。

……にもかかわらず、なぜか俺の手には手刀が未だに繰り出されていた。なぜだろう？

「先輩、俺……負けませんよ！」

決意が窺《うかが》える表情で、甲斐はそう宣言した。

体育祭では紅《あか》組と白組に分かれて勝敗を競うようだが、例えチームが分かれたとしても、本気でやり合うつもりだと、そう宣言したかったのだろう。

なぜこんなタイミングで？　そうは思うものの、それ以外理由は考えられない。

「おう、望むところだ」

俺がそう答えると、甲斐はうっとりとした表情で俺を見つめてきた。

それから、甲斐に「またな」と告げてから、俺の腕に手刀を繰り出した理由を説明しないままの冬華と夏奈と一緒に、次の目的地であるカフェに向かおうとする。

「……先輩は、どうしてそう自ら茨《いばら》の……というか薔薇《ばら》の道を突き進もうとするんですか？」

「優児君はもっと他人の気持ちを考えた方が良いよ？」

と、不満そうな表情を浮かべて冬華と夏奈が言うのだが。

俺は、彼女らが急にそんなことを言う理由が分からなく、ただ戸惑うばかりだった。

☆

学校で甲斐と別れてから、俺たちは三人でカフェへ向かった。

俺が一人で入ると入店を拒否されるのではないかと思うほど、お洒落《しゃれ》な雰囲気だ。

大学生くらいの店員は俺の顔を見て少し表情を強張《こわば》らせていたが、入店することができた。

それから、冬華はパンケーキのセットを注文し、俺と夏奈は飲み物だけ頼んだ。

注文を終えた後、冬華が俺に向かって問いかけてきた。

「そういえば先輩、乙女《おとめ》ちゃんどうでした？」

「あいつは危ないな」

俺は反射的にそう答えてから、これは言ってはいけなかったのではないか、と焦る。

冬華を見ると、

「それじゃ、乙女ちゃん。やっぱりショックを受けてたんですね……」

考え込んだ様子で、そう言った。

俺の言葉を「精神的に傷ついて、危ない状態」という風にとらえたようだ。

実際は違う。思考というか思想が危ない。それが竜宮《たつみや》乙女という女だった。

だから、冬華が気にしているのを見て、俺は竜宮に不利益がないように、言葉を訂正する。

「すまん、間違えた。あいつは思ったより危なっかしいところがあると言いたかったんだ」

「どういう意味ですか？」

俺の言葉に、首を傾《かし》げて問いかけてくる冬華《とうか》。

「竜宮は……真直《まっす》ぐすぎるんだ」

自分の欲望に対して、という言葉を呑《の》み込み、俺は彼女に伝える。

「乙女ちゃんって結構、ストイックっぽいですもんねー。それじゃ、次のテストに向けて、こっちが心配になるくらい勉強とかしちゃうのかもですね」

冬華の言葉に、俺は苦笑を浮かべる。

そっちの方がましだったかもしれないな……と。

「竜宮さんが、どうかしたの？」

不思議そうに、キョトンと首を傾げて夏奈が問いかける。

俺はそんな夏奈に、竜宮が池《いけ》だけでなく、俺にまでテストの点数で負けてしまい、落ち込んでいると説明する。

もちろん、竜宮の闇が深いという点を除いてだが。

「そういえば、優児《ゆうじ》君またテスト二番だったね！　凄《すご》いよね！」

「不動の一位である池に比べたら、まだまだだけどな」

「そういう謙虚なところも、素敵かな」

えへへ、と笑みを浮かべる夏奈《かな》。

俺はどこか気恥ずかしくなって、視線を逸《そ》らしてしまう。

視線を逸らした先で、今度は冬華と目が合った。

普段であれば非難染みた視線でこちらを睨《にら》むところだが……意外なことに、今日は力なく笑うだけだった。

どうしたのだろうか、そう思っていると、注文したパンケーキセットと飲み物がテーブルに運ばれてきた。

「わ、美味《おい》しそー」

冬華はそう言って、早速スマホで写真を撮った。

「見た目も可愛《かわい》いね！」

と、夏奈が冬華のパンケーキを見てから言った。

「葉咲《はさき》先輩は、頼まなくって良かったんですかー？」

「うん、私は飲み物だけで良いの」

冬華の言葉に、微笑《ほほえ》みを浮かべて答える夏奈。

メニューを見ていた時から、「美味しそー」と夏奈が呟《つぶや》いているのを見ていたので、日々テニスで激しい運動をしている関係上、栄養管理も厳しくしているのかもしれない、と察する。

「私は、遠慮なくいただきますからね？」

と言ってから、冬華は「いただきます」と呟き、パンケーキをフォークとナイフで切り分けて、口に運んだ。

「うーん、美味しー！」

冬華は目を閉じ、嬉しそうに言う。その様子を見て、

「確かに美味しそうだけど、クリームが沢山使われていて、すごくカロリー高そう。この後、晩御飯も食べないといけないのに、今回摂取したカロリーを消費するのに、冬華ちゃんはどれだけの運動をしないといけないんだろうねー？」

……とても楽しそうに、夏奈はそう言った。

彼女の言葉に、冬華はパンケーキを切り分けていた手を、一瞬止めた。

そして、血の気の引いた顔で夏奈を見る。

冬華の、縋《すが》るような視線を受けても、夏奈は一切気にした様子はなく、優雅な仕草でアイスティーを飲んでいた。

「……確かに、カロリーのことを考えると、罪悪感でいっぱいになりますよねー」

と苦笑してから、

「でも、葉咲先輩には無理ですが、このカロリーを半分にする裏技を私は使えるんですよ？」

冬華は口元に挑発的な笑みを浮かべた。

「へー、どんな方法なの？」

夏奈は呆《あき》れた様子でそう尋ねた。恐らく、冬華が負け惜しみで適当なことを言っているのだと、そう思っているのだろう。

「その方法とはですね……」

ムフフ、と笑いを堪《こら》えられない様子の冬華は、一口サイズに切り分けたパンケーキを、フォークで突き刺し、

「はい、先輩。食べてくーださい！　あーん」

と言って、俺に差し出してきた。

俺は「ん、おう」と言って、彼女の厚意に甘え、一口食べることにした。

一口食べて思ったのは……甘い。それから、パンケーキの舌触りのよさと食感を味わう。

甘いものは苦手ではないので、素直に美味しいと思った。

「美味《うま》いな」

「ですよねー！」

と、楽しそうに、満足そうに笑った冬華。

「ず、ズルい、冬華ちゃん！　カロリーを半分にする方法って……」

それから、夏奈が非難するように冬華を見た。

「そう、愛《いと》しの恋人とパンケーキを半分こにすれば、カロリーは半分！　その半面、イチャイチャを楽しみ幸せは倍増！　葉咲先輩の悔しがる表情を見られて気分は上々！！！」

勝ち誇った様子の冬華は、声高らかにそう宣言した後、再び美味しそうにパンケーキを口にした。

夏奈は悔しそうに唇を噛《か》みしめ、肩を落とす。……割と本気で落ち込んでいる様子だった。

「甘いもの食べたいのは……我慢できるけど！　目の前で優児君といちゃつかれるのは我慢できないいんだよ！」

夏奈が決死の表情を浮かべ、冬華に向かってそう言った。

「私だって、優児君にあーん、ってしたい……！」

俺に向かって鋭い視線を向けた夏奈はそう言って、颯爽《さっそう》とメニューを開いた。

「だからって、葉咲先輩までパンケーキ頼むのはどうなんでしょうね？　今度は優児先輩がお腹《なか》いっぱいになっちゃって、結局自分で残りを食べるってことになっちゃいますよ？」

冬華の言葉に、夏奈は動きを止め、思考する。

ここぞとばかりに、冬華は続けて言った。

「ここは一つ、甘いものでも食べて考えてみたらどうですかぁ？」

そう言って冬華は、夏奈に対して切り分けたパンケーキを差し出した。

あまりに自然な流れだったため、「あ、うん。ありがと冬華ちゃん」と言って、夏奈はそのパンケーキを口にした。

「わ、甘くて美味しー！」

夏奈はとても感動した様子でそう言ってから、はっとした表情を浮かべた。

「あれっ!?　今私、冬華ちゃんに話を逸らされた挙句にカロリーを押し付けられちゃった!?」

夏奈のその言葉に、冬華は無言のままニヤリと笑みを浮かべた。

「～～っ!!　冬華ちゃんの意地悪っ！」

夏奈は責めるように、冬華を睨んだ。

「確かに、意地悪で食べさせたかもしれないけど。乙女ちゃんじゃないですけど、あんまり根を詰めすぎても良くないですよ。一口二口くらい、良いじゃないですか？」

冬華は、優しい声音でそう言ってから、もう一口分のパンケーキを、夏奈に向かって差し出した。

夏奈は差し出されたパンケーキと冬華を交互に見てから、一度大きく深呼吸し、

「……それじゃ、もう一口だけいただきます」

と、頬を赤く染めて呟き、口にした。

夏奈は冬華から視線を逸らしつつも「ありがと、冬華ちゃん。美味しかったよ」とお礼を言った。

「どういたしまして」

満足そうな声で、冬華は言った。

夏奈が甘いものを我慢していると気づいた時点で、冬華は少しでも甘味を楽しんでもらいたいと考えていたのだろう。何だかんだで、仲が良いな。

……と考えたが、夏奈の視線の外で、ニヤリと笑う冬華の表情を見て、結局カロリーを押し付けたかっただけなのかもしれない、という考えが再浮上する。

「先輩、そんなにじっと見られると、流石《さすが》にちょっと恥ずかしいんですけど？」

俺の視線に気づいたのか、悪戯《いたずら》っぽく言う冬華の様子を見て、深く考えるのはやめようと思った。

俺は苦笑をしてから「何でもない」と小さく呟く。

それから、折角だから冬華と夏奈に、竜宮から頼まれていたことに何か心当たりがあるかもしれないと思い、問いかけてみる。

「……話は変わるんだが。池って、これまで彼女いたことはあるのか？」

「兄貴にですか？」

俺の問いかけに、冬華は不思議そうに首を傾げてから、夏奈と視線を合わせる。

夏奈も、うーん、と考え込む仕草をしてから、

「聞いたことないよね」

と、首を振って答えた。

「好きな女子とかでも良いんだけど、聞いたことあるか？」

「私はないです、心当たりも、全く」

冬華は呆れたような表情で、断言した。

「私も、知らないかな。春馬《はるま》のことを好きっていう女の子なら、何人も知ってるけど。春馬が誰かを好きになるっていうのを聞いたことは無いし、想像するのも……なんか、難しいな」

夏奈の言葉に、俺は問いかける。

「それって、どういうことなんだ？」

「だって春馬は、誰からも特別扱いをされるけど。春馬は誰のことも特別扱いなんてしないから」

その言葉に、冬華も苦笑交じりに頷《うなず》いた。

……たしかに、言われてみれば。

俺も、池《いけ》が誰かと恋人同士になるというイメージが、上手《うま》くできなかった。

そう思っていると、夏奈が恐る恐るといった様子で、俺を窺《うかが》ってくる。

「……それにしても、急にどうしてそんなことを聞いたの？」

確かに、唐突な話題だったなと思いつつ、俺は答える。

「いや、なんとなくだ。特に、理由は無い」

「……もしかして、優児《ゆうじ》君って」

夏奈は、苦渋の表情を浮かべる、冬華《とうか》に視線を向けた。

「さっきの甲斐《かい》君といい、無意識にそういう方向に向かってるんじゃないのかな……？」

「そ、そんなことないですから！　変な言いがかりをつけるのはやめてください！」

二人が何を話しているのかは分からないが、冬華の動揺を見て、なんとなく不安に思う俺。しかしなんだか聞き辛《づら》い雰囲気だったので、無性にモヤモヤすることになるのだった。

☆

冬華と夏奈と一緒にカフェに行った、翌日のこと。

竜宮《たつみや》とのこと、そして冬華と夏奈との会話で、池に好きな女子がいるのかどうか、改めて自分で考えていた。

しかし、俺にはどうしても見当がつかなかった。

真面目くさった表情が様になるハンサムな池の横顔を窺いながら、俺は授業中に色々と想像を思い巡らせていた。

すると、授業が終わってから、

「……今日はどうしたんだ、優児。俺の方ばかり気にしていないか？」

池にそう声をかけられた。

視線に気づかれていたようだ。……言われてみれば確かに、池のことをジロジロと見すぎていた。

「ああ。池に聞いてみたいことがあってな」

俺の言葉に、池は首を傾《かし》げてから不思議そうに、

「聞いてみたいこと？　なんだ改まって、何でも聞いてみてくれ」

彼の言葉に甘えて、俺は正直に聞こうと思ったが……。

ふと、口を噤《つぐ》む。

俺は視線を感じて振り返る。

その視線の先には、熱心にこちらを見ている夏奈《かな》がいた。

普段ならば、俺と池の会話に割り込んできそうなところだが、どうにも様子がおかしい。

疑わしそうに、そしてなぜだか不安そうにこちらを見ていた。

……こんなに見られていると、少し話し辛いな。

「あまり周囲に人がいないところで話したいんだが」

「ん、そうか。それなら、非常階段のところに出るか」

池は立ち上がりつつ、そう言い、歩き始めた。

俺も、彼の後ろについて歩く。

普段使われることのない、人気の少ない非常階段の入り口に到着すると、池が俺の顔を見て微笑を浮かべてから、問いかけてきた。

「それで、聞きたいことってのはなんだ？」

俺はその妙に様になる笑みを見つつ、答える。

「少し気になったんだが。池って、告白はしょっちゅうされているけど、彼女っていないのか？」

池が誰かに告白をされたという話は、クラスで浮いている俺の耳にも届くほどありふれたことだが、池に彼女がいるという話は、これまで一度も聞いたことが無い。

「ああ、優児と違って、俺は寂しい独り者だ。それは知ってるだろ？」

ニヤリと笑みを浮かべて、揶揄《からか》うように言った池。

「実は、好きな女子でもいるのか？」

俺の問いかけに、池は一瞬疑問を抱いたのか不思議そうに首を捻《ひね》った。

「なんだ、優児がそんなことを聞くなんて、珍しいな。……誰かから、頼まれでもしたのか？」

俺の交友関係は、狭い。

ここで俺が頷けば、竜宮に辿《たど》りつく可能性は高い……が、彼女の好意に超鈍感主人公の池が気づけるかは、疑問であるが。

「よく考えたら、俺は池について、知らないことが多いと思ってな。だから、友人の女子の好みを把握する位はしておこうと思ってな」

池の質問には答えないまま、俺は知りたい理由を答えた。

「友人の女子の好みは知りたい、か。なるほど、確かに俺は優児の好きなタイプを知っているから、お互いに知っておかないとフェアではないな」

どこか意地悪く笑みを浮かべる池。

「俺の好きなタイプ？」

と、間抜けに聞き返したものの、すぐに気が付いた。

俺と冬華が『ホンモノ』の恋人だと信じている池からすれば、俺のタイプは彼女のような女子となるのだろう。

そう思っていると、

「優児は、真桐《まきり》先生みたいな人がタイプなんだろ？」

「ああ、そうだ……んなっ!?」

聞き流して頷こうと思っていたら、意外な人の名前が出てきた。

俺は思わず驚きの声を上げてしまった。

そんな俺の顔を見て、池は悪戯が成功したガキのように、無邪気に笑いつつ、言った。

「見かけじゃなくてちゃんと中身を見てくれて、優しさと厳しさを兼ね備えた、年上の女性。……その上美人だ。そういうところを、正直良いなって、そう思ってただろ?」

……確かに、仕事中の、いや素面《しらふ》の状態の真桐先生はとても素敵な人だ。

先生としてはもちろん、人間的にも尊敬できる。好みのタイプだと意識をしたことはなかったが、言われてみれば悪いと思う要素は一つもない。

しかし、夏休み中に見てしまったあのポンコツっぷりを思い返し、俺は素直に頷くことができなかった。

そんな俺の態度をどう思ったのかは知らないが、池は続けて言う。

「気にするな。憧れの先生と、実際に好きになった人は違う。だから、今は冬華のことが一番好き。そういうことだろ?……安心してくれ、冬華に言ったりはしないから」

なるほど、池の中ではそういう整理になっているのか。

俺はとりあえず「お、おう」と応じた。

それから、再び問いかける。

「俺のことは良いんだ。池の好きな女子、もしくは好みのタイプを教えてくれ」

その言葉に、彼は小さく笑みを浮かべてから、答えた。

「好きな相手なら俺にだっている。年頃の男子高校生なんだから、当然だろう？」

彼はどうしてか、どこか寂しそうにそう答えてから、続けて口を開く。

「ただ……その人の名前を正直に言っても面白くないな」

「面白さを求めるようなことでもないとは思うが」

「良いだろ？　折角だしお遊びに付き合ってくれよ」

そう言ってから、池は続けて言う。

「俺の好きな人が誰か、優児が予想して、教えてくれ。解答権は一回。優児の予想が正解なら、正直に答えるよ」

人差し指を立て、爽やかに笑みを浮かべる池。

「分からないから聞いてみたんだけどな……。せめて、ヒントをくれよ」

「ヒント、か……。それじゃあ教えようか。俺が好きな人は――優児も知っている人だ」

「知っている人、か」

俺がぱっと名前が思い浮かぶのは――冬華、夏奈、生徒会の竜宮と鈴木《すずき》、そして真桐先生くらいだが、恐らくはもっと広い範囲のことで言っているのだろう。

恐らくは俺と一、二年で同じクラスになった女子も、対象に含まれているだろう。

……そう考えると、候補者は意外と多いかもしれない。

「俺も結構わかりやすいからな。見ていればその内に誰か分かるんじゃないか？」

と、池は爽やかに笑ってから、

「さて、聞きたいことは終わりだな？　予想できたらまた今度教えてくれ。……休み時間もそろそろ終わりだし、教室に戻るぞ」

踵《きびす》を返して、池はここまでに来た道を戻る。

誰だろうか、そう考えつつも、「おう、そうだな」と俺は答えて後ろに続くのだった。

☆

それから、次の休み時間。俺はトイレで用を済ませた後、教室に戻りつつも池の好きな女子のことを考えていたのだが、明確な答えは出ないでいた。

分かりやすい、と言われても、池があからさまに特別扱いする女子はいないのでは？　考えても答えは出ないが、池の好きな女子は、俺も知っているということから、竜宮の可能性はなくなっていない。あからさまな対応をしているかは分からないが、朗報に違いない。

是非とも彼女に伝えよう。

竜宮以外だと、誰が可能性が高いだろうか、……と考えていたところ、正面を歩く真桐先生を見つけた。

「あ、真桐先生」

俺は思わず、そう声を出していた。

真桐先生は、もちろん俺が知っている女性であり、池からしても、彼女のことを好意的に思っているのは間違いない。

性格のことも褒めていたし、外見も美人だと評していた。

これは、意外と本命なのではないだろうか？

そう思いつつ、彼女を見ると、

「え、ええ。こんにちは、友木《ともき》君。……私の顔をじろじろ見て、どうしたのかしら？」

どこか恥ずかしそうに、そう言った。

……無遠慮に見すぎていたのかもしれない。

俺は反省しつつも、やはりこの人は美人だなと再確認していた。

真桐先生は人を外見で判断せずに内面で判断し、時に厳しく時に優しく、美人で性格も良く、生徒想《おも》いな人だと池は言っていた。

ここまでストレートに褒めたのは、実のところ自分が惚《ほ》れているから、というオチもあり得る。

真桐先生のポンコツっぷりを知る由もない池《いけ》にとっては、まさしく理想の女性として映っているのかもしれない。

「いえ、先生に聞いてみたいことがあって」

俺の言葉に、真桐先生は「コホン」と一つ咳《せき》ばらいをしてから、

「何が聞きたいのかしら？」

と、何故《なぜ》か嬉《うれ》しそうにそう答えた。その反応はイマイチよくわからなかったが、とにかく俺の話を聞いてみてくれるらしい。

まだ真桐先生が池の好きな女性だと決まったわけではないが、『敵を知り、己を知れば百戦危うからず』とも言うし、竜宮《たつみや》に報告できることは多い方が良いだろう。

そう思い、俺の言葉を待つ真桐先生に問いかける。

「真桐先生は、年下を恋愛対象として見られます？」

「愚問ね。その質問のこた……え？」

俺の問いかけを聞いて、真桐先生は即答をしそうな雰囲気だったのだが、すぐにフリーズをしてしまった。

それから、たっぷりと時間をかけて……。

…………。

…………。

「……っえぇ!?」

と、これまで見たことないくらい、顔を真っ赤にして、あからさまに真桐先生は狼狽《うろた》えた。

☆

「友木君。どうしてあなたがここに呼び出されたか、分かるかしら？」

真桐先生の鋭い視線と硬い声音が、俺に向けられる。

久しぶりに、その厳しさのため、彼女が全校生徒から恐れられているという事実を思い出しつつ、俺は正直に答えた。

「……分かりません」

俺の言葉に、彼女は呆《あき》れたようにため息を吐《つ》いた。

本当に、どうして呼び出されたのかさっぱりな俺は、状況を整理することにした。

――今は、昼休み。生徒指導室で、真桐先生と向かい合っている。

授業間の休み時間中に、真桐先生に対して年下が恋愛対象になるか尋ねたところ、真っ赤な顔で狼狽えまくった彼女に、きっと鋭い眼差《まなざ》しを俺に向け、『昼休み、生徒指導室に来ること』と、質問には答えないまま告げられたためだ。

ちなみに、二日連続で一緒に昼飯を食べられそうにないことを冬華《とうか》には伝えたのだが、大層不満そうにしていた。

あの様子だと、今日の放課後もまた寄り道をすることになりそうだな。

などと考えても、やはり呼び出しを受けた理由は分からないままだ。

「……本当に、分からないのかしら？」

学校の中では珍しく、可愛《かわい》らしくムスッとした表情を浮かべ、真桐先生が弱々しく呟《つぶや》いた。

「本当に分かりません……」

俺が答えると、真桐先生は不満を隠すこともなく、俺を睨《にら》みつける。

……なるほど、どうやら自分でも気が付かない内に、まずいことをしていたらしい。

しかし、特に悪さをしたわけではないし、何か悪評が立つようなことをした覚えもない。

何か変わったことがあるとすれば、真桐先生に年下が恋愛対象になるかどうか聞いたことくらいだが……。

そう思い出し、俺はようやく気が付いた。

俺は思案から現実に戻り、正面の真桐先生を見る。

彼女は俺の表情を見て、鋭い視線を向けたままだったが、数秒間目を合わせた後、恥ずかしそうに視線を逸《そ》らして顔を伏せた。

……これは、間違いなさそうだな。

そう思い、俺は真桐《まきり》先生に頭を下げてから、告げる。

「心当たり、ありました。俺がした質問はセクハラでした、気をつけます」

突然好みのタイプを問いかけるのは、セクハラだ。池にした質問と同じノリで問いかけたのがよくなかった。

俺は自分の無神経さに辟易《へきえき》しつつ、真桐先生に謝罪した。すると……、

「そうじゃないっ!!」

と、先ほどの表情から一転、真桐先生はぎゅっと目を瞑《つぶ》って、まるでいじけた少女のように可愛らしくそう言った。

かなり勢い良く言ったせいか、真桐先生もすぐにハッとして自らの口を掌《てのひら》で押さえ、気まずそうな表情を浮かべた。

しかし、今の言葉を信じるのであれば、俺の言葉はセクハラ認定はされなかったらしい。

少しほっとしたものの、そうなるとなぜ俺が生徒指導室に呼び出されたかの理由が、分からないままだ。

それにしても、学校の外でポンコツ気味な真桐先生を見ることは良くあることだが、学校内でこうなるのは珍しい。

さっきからずっと顔も真っ赤だし、もしかしてアルコールが入っているのだろうか

……？


いや、流石《さすが》にそれはありえないな。真桐先生に失礼だった。

飲酒以外で考えられるのは体調不良か。

だとしたらこの様子のおかしさも、紅《あか》く染まった頬も説明がつく。

「もしかして真桐先生、体調が良くないんですか？」

俺が彼女の表情を覗《のぞ》き込みながら問いかけると、

「何がどうなって、私はそんな心配をされる羽目になったのかしら……？」

絶望の表情を浮かべながら、絶句した真桐先生。原因はそれ以外、考えられなかったのだが……。俺はなおのこと真桐先生のことが心配になって、彼女の表情を窺《うかが》うのだが、

「本当に他意はないのかしら……？」

はぁ、とあからさまにため息を吐いた。

それから彼女は、瞼《まぶた》を俯《うつむ》かせ、恥じらいを浮かべつつ、口を開く。

「良いわ。それで……年下が、恋愛対象になるかどうか、という話だったわね」

「あ、はい。そうです。……え？　教えてくれるんですか？」

「ええ。……私自身、友木君に年上と年下、恋人にするならどちらが良いか質問をしたことがあるわけだし。……特別よ」

と、夏休みの出来事を思い出したのか、照れくさそうに俯きつつ彼女は言う。俺もその

時のことを思い出し、気恥ずかしくなって視線を逸らす。

それから、「コホン」と咳ばらいをしてから、真桐先生は口を開いた。

「相手が成人していたら、年下でも恋愛対象として何の問題もないわ」

真桐先生はポンコツで可愛らしい部分はあるのだが、それ以前に良識ある社会人だ。だから、彼女の答えは予測できるものだった。

「そういう答えになりますよね」

俺は真桐先生に向かって、苦笑しつつそう言った。

「でも。……その人のことを好きになったら、年齢なんて関係ない、とも思うわ」

どこか恥じらっているような表情で、彼女はそう言う。

大人の事情を考慮しなければ、これもまた綺麗《きれい》な答えだと思う。子供じみたその答えに、自分で照れくさくなったのだろう。

——この答えも、相手の外見ではなく内面をしっかりと見てくれる真桐先生らしい言葉だなと思い、俺はなんだか嬉しくなった。

「真桐先生らしいですね」

「それは、どういう意味かしら？」

少し動揺を浮かべた様子の真桐先生に、俺は答える。

「見た目や年齢じゃなくて、ちゃんと中身を見てくれる真桐先生らしいなってことですよ」

「ちなみに中身だけじゃなく、ちゃんと外見もカッコいい人が良いと思っているわよ？」

俺の言葉に、真桐先生は揶揄《からか》うような表情を浮かべてそう言った。

カッコ悪いよりかはカッコいい方が好み、というだけの話で、深い意味はないのだろう。

そうは思いつつも、もしかして真桐先生に好きな人ができたのかもしれない、と考えた俺は、彼女に問いかけることにした。

「もしかして、特定の誰かのことを言ってますか？」

「私は好みの話をしただけよ？」

真桐先生は揶揄うように、そう答えた。

想定通りの答えを口にした真桐先生の浮かべた、想定外に魅力的な笑みを見て――。

不覚にも、無性にドキドキしてしまった俺を、誰が責められるだろうか？

☆

真桐先生と話を終え、生徒指導室を後にし、教室に戻ろうと思ったが、もしかしたら竜宮が生徒会室にいるかもしれないと思い、寄ってみることにした。

生徒会室に辿《たど》り着くと、部屋の中から物音が聞こえてくる。

どうやら、部屋の中には誰かがいるらしい。池は教室で昼飯を食べていたから、今部屋の中にいるのは竜宮の可能性が高いだろう。

そう思って、俺は生徒会室の扉をノックすると、

「おう」

という女子の声が返ってきた。

……竜宮、か？

彼女らしからぬ応答に戸惑いつつも、俺は扉を開いた。

「何だ、生徒会室に何か用か？」

そこには一人で弁当箱を広げている竹取《たけとり》先輩が、いた。

俺は彼女の呼びかけに会釈して応えてから、竹取先輩に尋ねた。

「特に用事があったわけではないんですけど、人の気配がしたので覗いてみただけです。ちなみに竹取先輩は……一人で何をしているんですか？」

俺の言葉に、竹取先輩はわざとらしくため息を吐いてから答える。

「昼飯を食べている以外、何をしているように見えるってんだよ？」

ん、と弁当箱を箸で指さしつつ、不機嫌そうな表情になる竹取先輩。

なるほど、ボッチ飯か。……俺は今、彼女に奇妙な親近感を抱いた。

「……ちなみに普段は、教室で友達と食ってるからな。生温かな目で見守るのはやめろ」

「今日に限って、生徒会室にいるってことですか？」

無駄に裏切られた気持ちになった俺は肩を落としつつ、竹取先輩にそう尋ねた。

「ああ、ウチのクラスの連中が、体育祭のことで昼休み中も熱心に盛り上がってたからな。付き合ってられないから逃げてきたってわけだ」

「三年生にとっては最後の体育祭だし、受験勉強の息抜きにもなるから、自然と熱心になるんですね」

「そういうことだ」

「ちなみに、三年生である竹取先輩は、どうして体育祭の話に参加しないんですか？」

俺が問いかけると、悪戯《いたずら》っぽく笑ってから、彼女は答える。

「元生徒会長だからといって、学校行事に積極的とは限らないってことだよ」

元生徒会長、というのは自虐ネタなのだろうか？

竹取先輩とは親しいわけではないので、その辺りが非常にわかり辛《づら》い。果たしてこれは、笑ってしまって良いのだろうか？

「それで、人の気配がしたから覗いたって言ったな。……誰がここにいると思ったんだ？」

ニヤニヤと笑みを浮かべながら、竹取先輩が尋ねかける。

俺は答えようとしたのだが、

「いや、当ててやる。……乙女《おとめ》がいると思って、この部屋に入ったんだろ？」

挑発的な視線を俺に向けながら、彼女はそう言った。

「当たりです。……ちなみに、なんで分かったんですか？」

「春馬《はるま》は同じクラスだから、わざわざ生徒会室に訪ねに来ることはないだろうから除外。後の生徒会メンバーで、わざわざ昼休みに用がありそうな奴《やつ》は誰かと考え……一番可能性が高いと思ったのが乙女だ」

にぃ、と口角を上げ、悪そうな笑みを浮かべる竹取先輩は続けて言う。

「大方、乙女から『春馬との仲を取り持ってほしい』と頼まれでもしたんだろ？」

俺が竜宮《たつみや》から相談を受けていることにも気づかれてしまったようだ。

竜宮の好意は周囲にバレバレなわけで、竹取先輩からしてみれば、俺への相談なんて、それ以外には考えられなかったのだろう。

しらを切ろうかとも考えたが、竹取先輩は竜宮が俺に相談したことを確信している。それならば今は、彼女にも話を聞いてみた方が良さそうだ。

「バレてるみたいなんで、そのことで少し相談したいんですけど……」

そう前置きをしてから、俺は池《いけ》から聞いた言葉を、竹取先輩に話してみることにした。

俺の話を聞いて、竹取先輩はどうしてか徐々に不機嫌そうな表情を浮かべていった。どうしたのだろうと思いつつも、俺は彼女に問いかける。

「ちなみに、竹取先輩は池の好きな人って知ってますか？」

「──ったく、お前はマジで分かってないのか？」

俺の問いかけに対して、竹取先輩は大きなため息を吐《つ》いてから、呆《あき》れたように言った。

「心当たりがあるんですか？」

「お前も大概、鈍感野郎なんだな」

と前置きをしてから、

「話を聞いた限り、お前は好きな『女子』が誰かと聞いて、春馬は好きな『人』がお前も知っている奴だと答えたんだよな？」

「そうだったと思いますけど」

それがどうしたというのだろう、と俺が考えていると、

「春馬がわざわざ『女子』を『人』に言い換えたということは、好きな相手が『女子』ではないという事。そしてその相手がお前も知っている人であること。このことから導き出される真実は一つ──」

竹取先輩はビシッと俺を指さしてから、

「犯人は……お前だっ！」

と、真剣な表情を浮かべて言った。

「は？」

「だからー、春馬はお前に惚《ほ》れてるってことだよー」

「そんな下手くそな叙述トリックを、池が使うとは思わないんですけど」

竹取先輩の言葉を鼻で笑いながら、俺は言う。

「……ったく、折角春馬が勇気を出して告白したっていうのに、あいつも報われないな……」

やれやれ、と首を振ってから、頭を抱えた竹取先輩。

……俺が頭を抱えたいところだった。

「それで、お前はどうするんだよ?」

「とりあえず、教室に戻ろうかと思います」

俺は竹取先輩の言葉に即答する。まともに取り合っても時間の無駄だろう。

彼女は呆れたように肩を竦《すく》める。

「そうか。まぁ、いろいろ言ったけど、これからも春馬や乙女と仲良くしてやってくれ」

意外にも、竹取先輩は背を向け扉へ向かう俺へまともなことを言った。

「……言われなくても、そうさせてもらいますよ」

俺は振り返り、一言答える。

「そうか、それなら良かった」

竹取先輩は、穏やかな表情を浮かべ、そう言った。

もしかして俺は揶揄われていただけなのか？　そう思いつつ、俺は生徒会室を後にした。

　そして、廊下を歩きつつ、考えた。

　竹取先輩も、一応は俺も知っている相手に含まれるが。流石《さすが》に池が、あんないい加減な人のことを好きになるわけないよな——と。

☆

「あら、友木《ともき》さん」

　教室へ向かい廊下を歩いていると、偶然竜宮に出くわし、声を掛けられた。

「おう」

　俺は彼女の言葉に応じた。

　彼女はにこやかに笑みを浮かべながら、俺に歩み寄り、そしてひっそりと耳打ちをしてきた。

「この間、お願いをしていた件ですが……進捗はいかがでしょう？」

　恥じらうように瞼《まぶた》を伏せ、悩ましげに口元に指をあてるその様を見て、見てくれは確かに美少女なのだと俺は再認識する。

　これで言動がヤバくなければ、もっと素直に応援できるんだけどな、と俺は残念な気持ちになりつつ、答える。

「ああ、一応聞いてきた」

「本当ですか!? でしたら、今すぐに教えてください!」

「廊下で立ち話でも良いのか? 竜宮の心の内に抱える人間の闇を晒《さら》すことになる覚悟はあるのか? ちなみに俺は一切ないから勘弁してくれ」

「……に、人間の闇?」

俺は無表情になりつつ、無言のまま彼女を見る。

すると、コホンと一つ咳払《せきばら》いをしてから、

「それでは、生徒会室に向かいましょう。私はこれから向かうつもりだったので、丁度良いです」

と、竜宮は言う。

俺はやはりそう来たかと思い、返答する。

「さっき生徒会室を覗《のぞ》いたら、竹取先輩が昼飯を食ってた。だから、あそこで話をするのはやめた方が良いと思う」

俺がそう言うと、竜宮のこめかみがピクリと動いた。

それから、彼女は笑みを浮かべたまま、言う。

「竹取先輩が……ですか? 普段私たちが『生徒会の活動に参加して欲しい』といくら言っても聞く耳を持たない竹取先輩が、お昼を食べるためだけに生徒会室にいたのですか？」

「……竜宮って、竹取先輩にめちゃくちゃ当たり強いな」

俺が引き気味にそう言うと、彼女はにこりと笑みを浮かべ、頷《うなず》いた。

どうしてここまでぞんざいに扱うのだろう、と思ったが、竹取先輩の生徒会に取り組むいい加減な姿勢を見ていれば、それも仕方のないことだなとすぐに考え付いた。

「竹取先輩が生徒会室にいても問題はありませんよ、追い出せば良いだけですから」

追い出せば良いとまで言われるなんて……俺は彼女の人望のなさに悲しくなったが、すぐにこれも自業自得だなと思い直した。

「分かった。それなら生徒会室に向かうか」

「ええ。……会長のお話、今から楽しみです」

☆

そして、俺は再び竜宮と一緒に生徒会室へと移動した。

竜宮が扉を開こうとしたが、どうやら鍵が掛けられているようで、動かなかった。

「……竹取《たけとり》先輩、扉に鍵を掛けて部屋の中で何をしているんでしょう？」

と竜宮は言ったが、部屋の中からは気配が感じ取れない。

「もう出て行ったんじゃないか？」

スカートのポケットから生徒会室の鍵を取り出して扉を開いた竜宮に、俺は言った。

竜宮と一緒に生徒会室に入ると、そこにはやはり、竹取《とけとり》先輩の姿はなかった。

「そのようですね。追い出す手間が省けたので、助かりました」

にこりと笑みを浮かべて竜宮は言う。どこまでも邪険に扱われる竹取先輩だった。

「さて、友木さん。早速ですが、会長の好きな女性が誰か……教えていただけますでしょうか？」

ソワソワした様子で、竜宮が俺に尋ねる。

俺は、「池の好きな女子を聞くことはできなかった」と前置きをしてから、

「ただ、池には好きな人がいるみたいだ。そして、その相手は俺も知っている人、だそうだ」

竜宮に向かって言うと、彼女はなぜか、ショックを受けたような表情を浮かべた。

「どうしたんだ？　竜宮がその相手だって線は消えてないと思うんだが？」

俺の言葉に、ハッとした表情を浮かべてから、

「いえ、何でもありません」

と取り繕ってから、続けて言った。

「確かにそれなら、会長の想い人《おもびと》が私である可能性も十分に考えられますね！」

それから、真剣な表情で考え込んだ様子を見せた。

醜態を見せつけられるのも困りものだが、静かに考え込まれても、それはそれで恐ろしいな……。

そう思いつつ、恐る恐る様子を窺《うかが》っていた俺の視線に竜宮が気付いたようで、彼女は少しだけ恥じらいを浮かべ、一つ咳払いをしてから口を開いた。

「と、いうわけで。会長が私に好意を持っていることを前提に、次はどうしたら彼が告白に踏み切ってくれるか、考えないといけませんね」

「どういうわけだよ」

俺が間髪容《い》れずにそう言うと、目が点になる竜宮。

『何を言っているんだろうこの人は？』とでも言いたげなその様子に、俺は呆れてため息を吐いてから、言う。

「なぁ、竜宮はあくまでも池の好きな女子候補の一人にしか過ぎないだろ。なのにどうして好意を持たれているという前提で話が進むんだ？」

「候補者が大勢いたとしても、そんなことはあまり関係ないんですよ」

しかめ面を浮かべ、彼女は言う。

「会長の好きな人が私でも、そうじゃないにしても。結局私は、彼に『告白』をしてもらいたいのですから。相手が誰かを必死になって探すよりも、好きになってもらうように行動を起こした方が建設的かと思うのですが？」

「つまり、相手が誰だろうと関係なく、やれるだけのことはやる。そういう事か？」

俺が確認を取ると、彼女はゆっくりと頷いてから答えた。

「少なくとも、私は会長の想い人候補者ではあるので。その分希望は持てました。友木さんの協力は、決して無駄ではありませんでしたよ。ありがとうございます」

割り切った考え方と、意外なほど殊勝なその態度に、俺は面食らう。

柔らかな表情を浮かべる竜宮《たつみや》に、俺は一言応える。

「……お役に立てて、光栄だ」

俺の言葉に、竜宮は微《かす》かに笑った。

「さて、それでは話を戻しましょう。どうすれば、会長に告白をさせられるか、ということですが――」

指先を口元にあて、考える仕草をしてから、提案した。

「体育祭を利用しましょう」

「体育祭？　どういうことか、いまいちピンとこないんだが……」

俺の言葉に、竜宮は得意げな笑みを浮かべてから言う。

「ご存じの通り、この学校の体育祭は、紅組《あか》と白組に分かれて、得点を競い合います」

「ああ、そうだったな」

去年の体育祭は半ばサボっていたようなものだが、それでもそのくらいは知っていた。

「例年、A～C組は白組、D～F組は紅組に所属することとなります。つまりA組の会長とD組の私は別々の組になります。そこで、会長を擁する白組を、紅組である私が打倒するのです！」

「……それがどうして、池《いけ》に告白してもらうことに繋《つな》がるんだ？」

俺の言葉に、竜宮はニヤリと笑みを浮かべてから答える。

「会長は意外と負けず嫌いですから、勝負ごとに負ければきっと、これまで以上に私を意識してくれるに違いありません！　これまで以上に私を意識するということはつまり、その時点で愛の告白が我慢できなくなるので、晴れて私と会長は結ばれるというわけです！」

竜宮の妄言部分は無視をしても構わないだろうが、彼女の言葉には気になる部分があった。

池が、意外と負けず嫌い？

竜宮の言葉を聞いても心当たりはなかった。だが、よく考えれば俺は池が勝負ごとに負けているのを見たことが無いから、当然のことだった。

「だとしても、体育祭で白組が勝利したとして、それが＝《イコール》で竜宮の池に対する勝利につながるわけではないだろ？」

「体育祭の競技で、直接対決の機会がちゃんとあるじゃないですか」

当然のように言う竜宮。

そうは言われても、俺は去年体育祭をサボっており、その競技というのが何なのか分かっていないのだが……。

「ちなみに。私は会長だけでなく、友木さんにも勝ちたいと思っていますから。負けっぱなしは、性に合いませんので」

真直《まっす》ぐに、竜宮は俺を見据える。

俺が学力テストで彼女の順位を上回ったことについて言っているのだろう。

「……あいにく、学校行事で俺に出番があるとは思えない。下手に参加しても、チームワークを乱すだけだしな。そんなわけで、そもそも勝負にならないだろ」

俺の言葉を聞いて、竜宮はどこか悪戯《いたずら》っぽく笑った。

「果たして、友木さんの予想通りになるでしょうか……?」

竜宮はそう、意味深な言葉を囁《ささや》いてから、

「それでは、そろそろ教室に戻りましょうか」

それからけろっとした様子で、竜宮は言った。

俺は先ほどの言葉がどういう意味だったか問いかけようとしたが、

「改めまして、ご協力ありがとうございました」

竜宮は笑みを浮かべてから、一つ丁寧に頭を下げた。そのため、俺は彼女に問いかける

タイミングを逸した。

「……気にするな」

屈託なく笑い、告げられた彼女の感謝の言葉を聞いて、竜宮の乙女心の暴走に付き合う気力が少しだけ湧き上がってくる俺は、きっとチョロいんだろうなと思うのだった。

5．クラスメイト

竜宮と話をした日の最後の授業は、体育祭に関するＨＲが行われた。

「体育祭各種目の出場者を決めよう」

教壇に立ち、司会進行をする池が議題を告げる。

言葉の通り、体育祭にはいくつかの種目があるが、強制出場の種目以外は、各クラスの代表選手が出場することになるため、その選出をするようだ。

ちなみに、本来は各クラスに体育祭実行委員がいるため、そいつが司会進行をするべきなのだが、体育祭実行委員から頼まれた池が、その役目を行っていた。

実行委員が「管理職ではなく、俺は現場で輝く男なんだ！」という意味は分からないが熱意だけは伝わるその言葉と勢いで、池を説得した結果だ。

どんな事情であれ、池が進行役を務めれば、話し合いは滞りなく進むだろう。

こういった行事ごとは基本的には多くの人間が積極的に参加をするのだろうが、どうしたって一部の人間は消極的になるものだ。

現に、池の話を聞きつつも、どこかかったるそうな表情を浮かべるクラスメイトもいた。

基本的には体育祭に向けて盛り上がるクラスの連中だが、そんな奴《やつ》らがいることにも、もちろん気が付いている池は、爽やかな笑みを浮かべつつ口を開いた。

「これから各人の参加種目を決めていく前に、一つ話しておきたいことがある」

池の言葉に、クラスの全員が彼を見た。

「特に出場回数制限は設けられていないから、クラスによっては運動神経が良い者や、体育会系の部活に所属している生徒で固めるところもあるが……正直言って、このクラスは運動神経が良い奴が揃《そろ》いすぎている。本気のメンバーを揃えたら、他のクラスに引かれてしまう」

肩を竦《すく》めて、池は言う。

確かに、このクラスには運動神経抜群で、運動部のエリート連中にも何ら引けを取らない池がいるし、女子には全国区のテニスプレイヤーの夏奈《かな》もいる。

そして朝倉《あさくら》をはじめ、各運動部のレギュラーもたくさんいる。

池の言う通りなのだろう、このクラスには他のクラスよりも運動が得意なメンバーが揃っている。そのため、本気で勝ちに行くメンバーを選出すれば、空気が読めないと他のクラスから顰蹙《ひんしゅく》を買うのかもしれない。

「そういうわけで勝ち負けのことは気にせず、全員で気楽に体育祭を楽しんで行こう」

その言葉を聞いて、クラスの雰囲気が弛緩《しかん》した。中には、本気で『勝ちに行きたい』と考えている連中もいただろうが、それよりも池の『楽しんで行こう』という言葉に、共感

してしまったのだろう。反対意見が出ることはなかった。

それと、バリバリの体育会系が結果よりも楽しむことを優先するのは、怪我《けが》でもして部活動に支障が出るのはまずいと考えているからかもしれない。そう考えれば、当然か。

これで、方向性は決まった。

クラスメイトの同意を得てから、競技種目ごとに参加選手の選出に移った。

まずは各人の立候補を採用し、それから参加者が足りない競技については他薦により参加選手を集めるという。

玉入れなど、あまり体力を使う必要のない種目は、文化系の部活動に所属する者があっという間に立候補し、残りは騎馬戦やリレーなど、体力や身体能力がものをいう種目ばかりが残っていた。

……ちなみに、今のところ俺はどの種目にも立候補していない。

未《いま》だに大多数の生徒から不良と恐れられている俺が参加してしまえば、楽しい体育祭の気分が台無しになる生徒が多いのは、想像に難くない。

「……さて、概《おおむ》ね参加メンバーは固まったようだが……騎馬戦と混合リレーがまだ空いているな。誰か、参加してくれる人はいないか？」

池の呼びかけに、不承不承数人のクラスメイトが名乗りを挙げた。しかし、それでもなおメンバーは埋まらない。

「このまま埋まらないようなら、参加種目が少ない人にお願いすることになるが……」

池が困ったように言うと、

「それじゃあ、一つの競技にも参加していない友木《ともき》はマストだな！」

朝倉が、軽い調子でそう言った。

……その瞬間、教室内に緊張が走り、一斉にクラスメイトの視線が俺に向けられた。

俺は反応に困り、ただ無言を貫く。すると、クラスメイト達《たち》はさっと気まずそうに視線を逸《そ》らした。

いつもの天丼、お約束だった。俺のいないところで打ち合わせ済みに違いない。

「確かにそうだな。それじゃあ、優児《ゆうじ》も騎馬戦と混合リレーに出場、と」

……池も、軽い調子で朝倉の言葉に応えた。

俺は焦り、池へ熱心に視線を送る。俺が体育祭に積極的に参加すれば、それこそ他のクラスに引かれるだろう。

しかし池は、俺の視線に気づいても、爽やかな笑みを浮かべたまま、何も言わない。

このままでは本当に出場が決定してしまう。そう懸念した俺は、クラスメイトの視線が集まる中言う。

「俺は参加しない。……こういうのは、苦手だからな」

俺の言葉に、騒がしかった教室を、静寂が支配する。

池が俺に、学校行事に参加してほしい、と思っていることは想像がつく。だが……今のクラスメイトの態度を見ても分かる通り、俺は周囲に受け入れられていないのだ。

だから、彼の厚意に感謝しつつも、俺はこの話を断るべきなのだ、と考えていると、

「遠慮しなくても良いんじゃない？」

クラスメイトの誰かが、間の抜けた声でそう言った。

俺はその声の主へ視線を向ける。その声の主は——運動部に所属している、確か大井《おおい》という身長の高い女子だった。

「友木君、運動神経良いんだし、運動部に所属もしていないから、最悪怪我するくらい頑張ってもらっても、大丈夫っしょー」

と、どこか悪戯っぽい笑みを浮かべた大井（仮）が言った。

「確かに、八木の言う通り、友木君にも参加してもらった方が良いよなー。騎馬戦とか、めっちゃ強そうだし」

今度は野球部の野……原だったか野崎だったかが言った。

俺は衝撃を受けて、何も言えなくなっていた。

大井だと思っていた女子の名前が本当は八木で、クラスメイトの名前を全然覚えられていないという自分自身に打ちひしがれているとか、そういうのは別にして……俺は動揺していた。

「そうそう、友木をフリーにするのはもったいないからな。頑張ってくれよー！」

朝倉が明るく言うと、

「池《いけ》がダントツで目立つけど、友木も運動と勉強、どっちも凄《すご》いよな」

「体育祭とか面倒だと思うタイプだと思ってたから黙ってたけど、できたら参加してほしいよねー」

「でも、池君と友木君がいたら、他の運動部が自重しても、戦力過剰気味かもね」

などと、他のクラスメイト達が動揺を浮かべる俺をよそに、ポジティブな方向で盛り上がっていた。

周囲の話を聞いて、

「本当に、俺が参加しても良いのか？」

俺は、自然とそう問いかけていた。

首を傾《かし》げ、俺の言葉の続きを待つクラスメイト達に、俺は続けて言葉にする。

「俺みたいな不良が体育祭に出たら、楽しい思い出も台無しになるんじゃないか？って、聞いているんだが」

俺は情けないとも思ったが、それでも、どうしても。

そう言葉にせずにはいられなかった。

またしても訪れる静寂、それを破ったのは……。

「優児君が不良じゃないのは、みんなもう知ってるよ」

夏奈の、優しい声だった。

俺は振り返り、夏奈を見る。彼女は優しく、俺に笑いかけた。

「わざわざ生徒会の手伝いをしてる不良なんていないよね」

「実際に悪さをしてるところ、見たことないしな」

「ところで、あの天井ネタにはいつツッコミをしてくれるんだ？」

「あと、彼女が可愛《かわい》い」

「そう、彼女が超可愛いよな」

などと、俺（一部冬華《とうか》）に対する好意的な言葉を聞いて、俺は茫然《ぼうぜん》としてしまう。

それから、俺は教壇に立つ池へと、自然と視線を向けていた。

池は呆《あき》れたように、だけどとても温かな視線を俺に向けてから、

「俺たちは、全員で気楽に楽しもうって話をしたばかりだろ？　優児も肩の力を抜いて、楽しもう」

そう言って、爽やかに笑った。

「……そういうことなら、何も文句はない」

俺はそう言いながら、心中でクラスメイト達に対し、感謝の念を抱くのだった。

☆

そして、ホームルームが終わり、放課後。

未だに黒板には体育祭の種目と参加者の名前が並んで書かれている。

それをしばし眺めていると、

「良かったね、優児君」

と、夏奈に声をかけられた。俺は彼女の言葉に頷《うなず》いてから、答える。

「ああ。まさか俺が学校行事に普通に参加するようになるとは思わなかった。……これまで池が色々と便宜を図ってくれたおかげだろうし、感謝しなくちゃな」

「春馬《はるま》は、関係ないと思うな」

俺の言葉を聞いた夏奈が、間髪容《い》れずに断言した。

「さっき、皆も言った通り。優児君が頑張ったから、優児君が悪い人じゃないって気づいただけだよ」

そう言って、夏奈は優しく微笑《ほほえ》んだ。

「そうか。……ありがとな」

俺の言葉に、「お礼を言う必要なんてないのに」と呆れたように笑ってから、

「あと、他のクラスにはまだ、優児君のことを誤解してる人もいると思うけど。だからっ

て遠慮する必要はないからね！　私たちは春馬の言った通り、気楽に体育祭を楽しも？」

と、夏奈が言う。

「そうだな、気楽にやってみる」

他のクラスの連中に、少し申し訳ない気分になったが、池や夏奈の言う通り、精々楽しんでみよう。

苦笑しながら、俺はそう思うのだった。

☆

「そういえば優児先輩のクラスの応援団は、誰になったんですか？」

体育祭のメンバー選出が済んだ放課後。

連続で昼飯をすっぽかした穴埋めとして、駅近くの喫茶店にてお茶を飲みながら、俺は冬華と話をしていた。

アイスティーを飲んで喉を潤した冬華から問いかけられ、俺は答える。

「たしか……野球部の野口っていう奴《やつ》と、女子バレー部の八木ってやつだ」

俺が体育祭のメンバーに選ばれた時に背中を押してくれた奴らだった。

そして、野原でも野崎でもない、野球部の野口の名前を憶《おぼ》えていなかったことを、申し訳なく思う。

「全然知らない人でした。朝倉《あさくら》先輩は応援団じゃないんですか？　体育祭とか、超好きそうですけど？」

「朝倉は部活を優先したいみたいで、クラスの連中が推薦していたけど、断っていた」

「なるほどー、納得です」

そう反応した冬華に、俺は問いかける。

「応援団が誰か気になるのか？　もしかして、冬華が応援団だったりするのか？」

「応援団なんてしたら、先輩との放課後デートの時間が無くなっちゃうじゃないですかー」

冬華はニヤニヤしながらそう言うが、俺は無反応で応じた。

俺の反応を見た冬華は、「あれれ、照れちゃいましたかー？」と言いつつ、

「ウチの学校って、ブレザーじゃないですか。でも、体育祭の応援団は学ランを着るって聞いたので」

「それが……？」

冬華の説明を聞いても、いまいちピンとこない。俺の表情から、そのことが分かったのか、冬華は言葉を続ける。

「つまり、優児先輩の学ラン姿を見たかった、っていうことですよ？」

冬華は上目遣いに、悪戯《いたずら》っぽい表情を浮かべて俺を見た。

「中学の制服が学ランだったから、個人的にはそんな特別なものでもないと思うんだが」

俺がそう言うと、冬華は瞳を輝かせて言う。

「え、優児先輩の中学、学ランだったんですか？　それなら今度、卒アルとかで中学時代の写真を見せてくださいよ!?」

「え、あ、ああ。……まぁ、機会があれば」

俺の回答を聞いて、「やった！」と冬華は喜んだ。

……俺の学ラン姿を見て、昭和のヤンキーみたいだと笑うつもりか？　疑心暗鬼になりつつ、俺は学ランから話を逸《そ》らすために言う。

「応援団ではないが、騎馬戦と混合リレーには出ることになった」

「へー、そうなんですね。……え？」

俺の言葉を聞いた冬華は、驚いたように目を見開いた。

「先輩が騎馬戦と混合リレーに出るんですか？」

その言葉に無言で頷くと、冬華は分かりやすく動揺を浮かべつつ言う。

「先輩、体育祭とか苦手なんだろうなって思っていたんですけど……」

「その通りなんだが……クラスの連中に任されたから」

俺は少し照れながら言うと、冬華は呆然《ぼうぜん》とした表情を浮かべた。

そんなに信じられないことを言っただろうか？……うん、言ったかもしれない。俺はそ

う自問自答しつつ彼女を見ていると、

「と、冬華!? どうした?」

驚いたことに、冬華の目尻から一筋の涙が零《こぼ》れ落ちていた。

「驚いちゃいましたよね、ごめんなさい優児《ゆうじ》先輩。別に、悲しくて涙が出たわけじゃないので、心配しないでください」

そう言って、冬華はポケットから取り出したハンカチで涙を拭った。

「心配するなと言われてもだな……本当に大丈夫か?」

「はい、大丈夫です。……嬉《うれ》しかったんです」

「……どういうことだ?」

俺は、優しい微笑みを浮かべる冬華に向かって問いかける。

すると彼女は、はにかんだ笑みを湛《たた》え、口を開いた。

「先輩のこと、ちゃんと見てくれる人がたくさんできて。……恋人として、鼻が高いです」

学校で浮いていた俺が、ちゃんとクラスに馴染《なじ》めたことを、喜んでくれていたらしい。

不要な心配を冬華にさせていたことを申し訳なく思いつつ、純粋に喜んでくれたことに、俺は嬉しく思うと同時に、気恥ずかしくなった。

「なんだよ、冬華はいつから俺の保護者になったんだよ?」

「私は保護者じゃなくて、恋人なんですけど？」

彼女のその言葉に、いつものように『ニセモノの恋人だけどな』と、はぐらかしそうになったが、

「……ありがとな」

俺は自然と、感謝の言葉を口にしていた。

「素直でよろしい」

優しい笑みを向けてくる冬華。

彼女の視線を受けて気恥ずかしくなりつつも、彼女のその表情を見て俺は、釣られるように笑みが零れるのだった。

6. 練習

体育祭の練習が授業中にも行われるようになったとある日のこと。

普段は男女別の二クラス合同で行われる体育の授業が、今日は男女合同で体育祭の練習をすることになった。

「よし、他のクラスに負けないように、気合を入れて頑張ろーぜ！」

朝倉とペアを組んで準備体操を終えると、体育祭実行委員が気合の入った言葉を放った。

「とりあえず、まずは男女混合リレーを走ってみよーか！」

続けて、彼は大声でそう告げた。

出場メンバーは、本番同様トラック内の各スタート位置につき、そしてあらかじめ決められていた順番に並ぶ。

ちなみに俺は運動神経を買われ、第一走者に選ばれたため、合同練習中の2年B組のスタート走者と隣に並んだ。

「と、友木《ともき》君が先頭走者……ですか？」

怯《おび》えた表情で俺に問いかける彼は、当然のように敬語だった。

俺が申し訳なくなりつつ無言で首肯すると、「ひっ、ごめんなさいっ！」と短く悲鳴を上げられた。

「良いぞ友木！　B組ビビってるー！」

「B組の反応を見るに、友木君を第一走者にして他のクラスをビビらせ、出鼻を挫《くじ》く作戦は成功しそうだな」

「相手が同じ白組のB組でも、容赦しないぜ！」

「練習でできないことは本番でもできない。B組の犠牲は……無駄にはしない！」

白組全体で考えれば、A・B組がどちらも上位でゴールすることが望ましいのだが、運動自慢の我らがA組の面々は、とにもかくにもまずはA組の一位をご所望のようだった。

それにしても、運動神経を買われたのではなく、そんな作戦のために選ばれたのか、と俺は人知れず、少々凹《へこ》んでいた。

「優児君、頑張って！」

しかし、夏奈《かな》をはじめとしたクラスメイト達《たち》のまともな声援が耳に届いたため、単純な俺はやる気が溢《あふ》れてきた。

それから、いよいよスタートの合図が聞こえ、俺は走り始める。

俺は全力でトラックを駆ける。

逃げ腰のB組走者との距離があっという間に離れ、圧倒的な差を付けた俺。

「良いぞー、友木君！」

「すっげ、はっや！」

ギャラリーの応援を聞きつつ、握りしめていたバトンを次の走者に渡そうとすると――。

「ぎゃーーーーーー!!」

と、何故《なぜ》か叫びながら全力疾走をして、次の走者である野球部の野口が逃げていった。

俺は走る速度を緩めないまま、疑問を口にした。

「な、なんで逃げるんだ!?」

俺は驚きの声を上げ、バトンパスをできないまま走り続けると……。

「ひぃぃぃぃいいいい!!」

怯えてへっぴり腰になってしまった野口が転んだ。俺は彼を助け起こそうと立ち止まりかけたが、

「と、とりあえずそのまま走れ、友木ー！」

と、朝倉の声が聞こえた。

転んだ彼は、別に怪我《けが》をしているわけではなかったし、俺が手を差し伸べても怯えるだけかもしれない。

……自分でも何が何だかわからなかったが、こうなっては仕方ない。

次の走者にバトンパスをするために、俺は走り続けるのだった――。

☆

そして結局、ラスト二人目の走者である夏奈に、バトンパスをするまで俺は、一人で走り続けたのだった。

体育祭のリレーの練習のはずが、全力で中距離を走る結果となり、普通にしんどかった。

「ごめんな、友木。お前の鬼気迫る表情が怖すぎて、つい逃げてしまった。いや、仲が良い相手とはいえ、怖いものは怖いよな」

「朝倉……」

朝倉はそう言って、申し訳なさそうに頭を下げた。本気で反省しているようだ。

まさか朝倉にまで逃げられるとは思わなかった俺は内心凹んでいたが、ここまでくると、走っている時の顔がどれだけ怖かったのかが気になってきた。

「困ったな。この順番だと、競技が成り立たないみたいだな……」

第二走者だった野口が、ことさら深刻な表情でそう言った。こいつさえ俺のバトンを受け取ってくれれば、と思わないでもないが、それを期待するのは酷だろう。

……とりあえず彼は、順番が変わって欲しいと思っていることだろう。

気が付けば、周囲にはクラスメイトが集まってきていた。

「順番を変えるしかないな」

池《いけ》が、至極真っ当な意見を述べた。

「夏奈と俺は、優児とバトンを受け渡ししても全く問題ないから、優児はその間に走ってもらうか」

池の言葉に、夏奈が頷《うなず》く。

「異議なし！　そっちの方が私もやる気出るしっ！」

明るくそう言った夏奈の言葉を聞いて、

「可愛《かわい》い彼女がいるくせに、葉咲《はさき》まで……。なんという理不尽……っ！」

と、殺《や》る気を押さえられない朝倉《あさくら》をはじめとしたクラスの男子たち。

「池君がアンカーを務めるのは変えたくないから、友木君は最後から二番目だね」

クラスの女子がそう提案すると、続けてドヤ顔で野口が言う。

「友木君で他の走者をビビらせて、第一走者から独走作戦ができないけど、ウチのクラスなら小細工しなくても余裕で一位とれるよな？」

「葉咲、友木、池の流れなら、それまでで負けていても、逆転できそうな安心感あるね」

「中距離を走りきった友木、めっちゃ速かったしな！」

クラスの連中が盛り上がる中、夏奈が俺の隣に歩み寄り、こっそりと耳打ちをしてくる。

「順番入れ替わって、私的には良かった。ラッキーだよ」

「そうだな。これからよろしくな」

俺が答えると、彼女は上目遣いにジッと俺を見てから、

「バトンだけじゃなくて、私の気持ちも受け取ってくれると嬉しいんだけど……ね？」

と、頬を赤らめて言った。

唐突にまっすぐに向けられたその視線に俺は照れつつ、

「……バトンは絶対に受け取る」

俺の答えに納得していない様子の夏奈は、無言のまま俺を見つめ続ける。その視線に耐えかねて視線を逸《そ》らす俺は、これは大変なことになりそうだと内心焦るのだった。

☆

「それにしても、結構涼しくなってきましたね。体育祭当日も、涼しいと良いんですけどね」

「確かに涼しくなってきたとは思うが、体育祭の練習中や本番では油断せずに、熱中症に気を付けて水分補給はこまめにするようにな」

放課後。部活に励む生徒たちが光り輝く汗を流しているさまを横目にしながら、俺と冬《とう》華《か》は帰路につこうとしていた。

「急にどうしたんですか？　体育教師のモノマネ？……全然似てないんですけど」

「部活で汗を流す連中を見たら、水分補給は大切だと思ってな。別に、モノマネをしたわけではない」

「ウケを狙って学校の先生のモノマネをするっていう、クラスのお調子者男子的ポジションを狙い始めたのかと思って、すっごく焦っちゃいましたからね!? そういうの、似合わないので絶対にやめてくださいね?」

「目指さないから、安心してくれ」

俺の言葉に「それなら良かったです」と答えてから、

「ていうか優児《ゆうじ》先輩って、結構先生に向いてるかも?」

と、冬華は閃《ひらめ》いたように言った。

唐突な言葉だった。……俺が体育教師のモノマネ風なことを言ったから、冬華はそんなことを考えたのだろうか?

「いや、向いてないだろ」

生徒想《おも》いで、厳しさと優しさを兼ね備えたオンタイム時の真桐《まきり》先生のことを考えつつ、俺はそう答えた。

……ポンコツな真桐先生のことは、あえて考えないようにもした。

「そんなことないですよ。任侠《にんきょう》映画とかで、雇った用心棒のことを『先生』とかっていうじゃないですか?」

「あー、そっちの先生だったかー」

俺は冬華との認識の差と、彼女が任俠映画を観《み》ている事実に驚いた。

「冗談ですよ。先輩の顔は確かに怖いかもですけど、慣れてくると大型犬みたいな愛嬌《あいきょう》もあって、むしろ可愛らしいですから」

ニヤニヤと笑いながらそう言った冬華を、俺は無言のまま見た。

分かりやすく揶揄《からか》ってるな……。

「ただ、学校の先生に向いてるかもっていうのは、本音ですよ？」

俺は油断せずに冬華を見る。彼女は、真顔のまま口を開く。

「面倒見は良いし、勉強を教えるのも上手ですし」

「そう……か？」

「そうですよ。それになにより……」

彼女は俺を上目遣いに窺《うかが》いつつ、口を開いた。

「生活指導の先生とか、超似合うんじゃないですか～？　竹刀とか持ってたら、ぴったりすぎて、想像するだけでウケるんですけどー」

アハハーと、大口を開けて笑う冬華を、何だこの野郎という思いで見る俺。

ちなみにウチの高校の生活指導は、竹刀を標準装備していない。酷《ひど》い偏見だった。

そう思いつつ、普段聞きなれない声が聞こえたため、校庭へと目を向ける。そこには、見慣れない体操服の集団がいた。

「あれって、応援団の練習だよな?」

俺が言うと、冬華も視線をそちらに向け、

「げ……」

と、不愉快そうに呟《つぶや》いた。

彼女がなぜそう呟いたのか、応援団の方からこちらに手を振って近づいてくる人物を見て、俺は察した。

「アニ……友木《ともき》先輩! お疲れ様っす!」

彼、甲斐烈火《かいれつか》が人懐っこい笑みを浮かべて俺に声を掛けてきた。

「ああ、お疲れ。甲斐は応援団だったんだな」

前髪を上げた短髪、日に焼けて浅黒くなった肌。この間は気づかなかったが腕まくりをしている彼の腕は、夏休み前から数段逞《たくま》しくなっている。

「部活があるので個人的には避けたかったんですが、クラスメイトから推薦を受けたので」

俺の言葉に、甲斐はハキハキとそう答えた。

「うんうん、私たちは帰るんで、甲斐君は応援団頑張ってね、バイバイ!」

甲斐に対して毎度の塩対応を発揮した冬華は、固い声音でそう宣言し、俺を引っ張る。

「少しくらい話しても良いだろ？」

だが、俺と冬華では体重差がありすぎるため、彼女の思い通りにはいかない。

「お、冬華もいたのか。お疲れ」

と、甲斐はテンション低く答えると、冬華は「っち」と小さく舌打ちをした。

仲良くしている希少な後輩二人が不仲であることが、最近の俺の悩みだったりする。

「応援団の練習はどんなもんだ？」

少しの気まずさを感じつつも、俺は甲斐へと問いかける。

彼は嬉《うれ》しそうな表情を浮かべながら、

「そうですね、みんな結構やる気があるし、先輩後輩の仲も良いんで、雰囲気は良いですね」

と、元気よく答える。

「そうか。本番が楽しみだな」

「うっす、俺、本番は全力で友木先輩を応援しますからっ！」

甲斐の言葉を聞いた冬華が、冷ややかな視線を送りながら言う。

「いや、先輩は白組で私たちは紅組《あか》だから。個人的にはともかく、応援団が敵の応援しちゃダメなの分からない？」

「少しくらいの障害、俺は気にしない……！」

と、上目遣いに俺を見ながら、甲斐は言った。

いきなり障害物競走の話をしはじめた甲斐に戸惑いつつ。

「ああ、頑張ってくれ」

俺は甲斐に激励の言葉を伝える。

「せ、先輩……！」

甲斐は俺の言葉を受け、恍惚《こうこつ》の表情を浮かべた。

それを見て、冬華は再び「っち」と舌打ちをする。

「……甲斐君、障害がどうとかわけわかんないこと言ってないで、そろそろ応援団の練習に戻りなよー。いつまでもここにいたら、サボってるって思われるんじゃない？」

冬華は、固い笑みを浮かべ、しっしと手を振った。

「そう、だな。今日のところは……これで、失礼します、友木先輩！」

頬を真っ赤に染めた甲斐が、俺に向かって頭を下げてから、応援団へと合流していった。

それを確認した冬華が、いつになく真剣な表情を浮かべ、真直《まっす》ぐに俺を見つめて言った。

「優児先輩。あいつが背後にいるときは、気を付けてください……」

「なんだそれ。命でも狙われてるってのか、俺は？」

苦笑しつつ、冬華の不思議な冗談に応えると、

「……命とは言いませんが。とても大切なものが狙われています」

と、またしても真剣な表情で、冗談を続ける冬華。……ギャグのつもりで言ってるんだろうけど、よくわからないな。

こういう時、どうフォローすればよいか分からない俺は、

「え、ああ。……気を付けることにする」

と、とりあえず答える。

「マ・ジ・で！　気を付けてくださいよ？」

頬を膨らませて、胡乱《うろん》気《げ》な視線を向けつつ念押しをしてくる冬華に、俺は降参するように両手を上げて頷《うなず》く。

冬華の良く分からない忠告に頭を悩ませるよりは、甲斐と彼女の関係をどうにか修復できないかと考える俺は。なんだかんだ、冬華の言う通り本当に面倒見が良いのかもしれないな。

☆

体育祭を週末に控え、学校全体がどこか浮足立っている日のこと。

休み時間中にトイレから教室へと戻ろうとした俺は、

「あら、友木さん。ごきげんよう」

と、偶然廊下で竜宮《たつみや》と会い、声をかけられた。

「おう」

俺は短く答えて会釈だけする。そのまま彼女とすれ違おうとしたところ、

「少し、お話があるんですが」

ぐ、と力強く腕を摑《つか》まれたため、俺は足を止めた。

「なんだ？」

「いえ、会長と友木さんが騎馬戦に出られると聞いたので」

竜宮は、含み笑いを浮かべつつそう言った。

「ああ、それがどうしたんだ？」

クスリ、と小さく口元で笑ってから、彼女は言う。

「私も騎馬戦に出る予定です。……これで、私の望みは叶《かな》いそうです」

うっとりとした表情で、竜宮は言った。

彼女の言葉に、何のことを言っているのだろう、と一瞬思ったがすぐに察した。

騎馬戦は、男女混合で行われる、結構目立つ種目だ。

獲得ポイントにハンデがあるとはいえ、体格が大きく違う高校生男女が混合で騎馬戦を行うのには驚きがあったが、竜宮はとてもやる気らしい。

竜宮は紅組、俺と池《いけ》は白組。

つまり、竜宮は騎馬戦の真っ向勝負で池に勝つつもりなのか。

「なるほど。竜宮は池に勝利をして、告白させるのが目的だ。つまり、俺が池の騎馬になって足を引っ張れば、容易《たやす》く勝利ができると言いたいわけだ」

頭脳プレーなのだろうが、やり方が姑息《こそく》だな……、と思っていると。

「私がそのような小細工を弄すと？」

澄ました顔で、竜宮が言った。

「……普通に弄しそうなんだが」

竜宮は策士策に溺れそうなタイプだよなと思いつつ俺が即答すると、分かりやすくムッと頰を膨らませた。

「男女混合で直接対決が可能な騎馬戦で、そんなつまらない小細工を弄すなんて興覚めじゃないですか？」

真っすぐに俺を見据えるその視線を受け、「友木さんにも勝ちたい」と、以前言っていたことを今更ながら思い出す。

可愛《かわい》らしく微笑《ほほえ》みつつも、その瞳には闘志が宿っているのが分かった。

「随分と自信がありそうだな？」

「ええ、もちろんです。勝利の方程式は既に完成しています」

中二っぽい竜宮の挑発に、俺は呆《あき》れつつ答える。

「この前も似たようなことを言っていたが、その時は結局落ち込んで体育座りをしながら心の闇を晒《さら》しただけだったよな。今度は誰にも見られないように、ちゃんと部屋に鍵を掛けておけよ？」

俺は真顔でそう返した。

「あ、あの時のことはもう忘れてくださいっ！」

俺の言葉に、急速に顔を赤くし、拳を握りしめながら震える竜宮は、目を固く瞑《つぶ》りながら言った。

「全く、本当に失礼な人ですね……」

竜宮は俺に不満そうに視線を向け、びしりとこちらを指さして口を開いた。

「いいですか？　今度こそ私は負けるつもりはありませんので……本気を出してくださいね？」

「そういうことなら、お望み通り本気で相手をしてやる」

俺は彼女の挑発を受けて立った。協力が必要ないのであれば、手加減する必要なんてない。

竜宮はゆっくりと頷いてから言う。

「もちろん。望むところです。……このことをお伝えしたかっただけなので失礼します。明日は楽しみにしていますので」

では、と頭を下げてから、立ち去っていった。

その背中を眺め、俺は思う。

どうして竜宮は、あんなにも噛《か》ませ犬っぽい感じがするのだろうか……と。

7．放課後バトンパス

体育祭前日。

雲一つない真っ青な空と、頬を撫《な》でる涼しい風。季節はすっかり秋となっていた。

今日は、重要種目の最後の練習を、授業時間を使って行うことになった。

俺が出場する騎馬戦と、男女混合リレーには練習時間が割り当てられた。

騎馬戦では、各騎馬で動きを確認。例年、多少の怪我人《けがにん》が出る種目であるため、教師からは本番で盛り上がりすぎて無茶をしないように、とのお達しがあった。

「朝倉《あさくら》、怪我しそうになったら俺のこと放り投げてくれて構わないからな」

野球部の野口、実行委員の伊井《いい》、そして朝倉と組むことになった俺は、でかい図体《ずうたい》ながら騎手として上に乗ることになっていた。

「大丈夫だ。友木《ともき》を相手に果敢に挑む勇気ある人間は、他のクラスにはいない」

「気にせず行こうぜ、友木！」

朝倉、野口はそう言い、伊井含めて三人でサムズアップをしながら笑みを向けてきた。

「お、おう」

その信頼は、果たして喜んで良いのだろうか……？

そう思っていたが、騎馬戦の予行練習が始まると、朝倉たちの言葉の通り、近寄る者は誰もいなかった。

冷静な戦力分析ができる騎馬役で良かった、と俺は下手くそな励ましを自身に言い聞かせる。

騎馬戦を終え、今度はリレーの練習に移行した。

各学年の男女混合リレーは配点が大きく、また多くの生徒が参加するために必然的に盛り上がることになる。

我がクラスでもその重要性は分かっているため、練習にも熱が入る。

今回は学年合同の練習であり、本番同様六クラスで順位を争うことになった。

俺のクラスの連中は運動部が多いが、彼らに負担が多くならないように、出場種目を分散している。

それは、どの種目にも勝ち目はあるものの、どこか一つの種目には戦力を集中していないため、どの種目にも敗北の可能性があるという事だった。

俺の前の走者である夏奈《かな》にバトンが渡った。

俺は、次のスタート位置から彼女の走りを眺める。

……他クラスの連中は、俺の姿を見てソワソワとしていたが、その視線を受けて俺も落ち着かない気持ちになるので、おあいことということにして欲しい。

夏奈が迫る。コーナーでほぼ前の走者の男子と横並びになった。

ここまでクラスメイト達《たち》が必死に繋《つな》いでくれたバトン。それを俺が受け取り、池に渡す。

とんでもない大役だ。ミスをしないように、集中しなければ。

深呼吸をしてから、頃合いを見て俺も走り出した。

加速中の俺にバトンを渡そうと手を伸ばす夏奈。俺はそれを受け取ろうとしたが――タイミングが合わずに、二度程バトンは空を切り、三度目にしてようやく、スピードに乗り切れないまま受け取ることになった。

その時点で、折角夏奈が詰めてくれた前の走者との差は、またしても広がってしまった。

このままでは終われない、俺はそう考えて必死に走る。

前を走る女子を追い越し、さらにその前の走者と横並びになると、一、二位の走者の位置も把握できた。

今まさにバトンパスをしたところで、一位との差も覆せない程ではなさそうだった。

走り出した池に、俺はバトンを持つ手を伸ばした。池なら逆転もできる、そう思っていたが――。

池とも、バトンパスのタイミングが合わない。

再びもたつき、俺と同様スピードに乗り切れないままの池がバトンを受け取り、走り出した。

現在四位、いくら池とはいえ、他のクラスの走者も各運動部の体力自慢達だ。簡単に追い抜くことはできない。

何とかゴール前で一人追い抜き、最終順位は三位で終わった。

一位のクラスが大喜びし、二位のクラスが本番では負けないと士気を高めていた。

「やっぱ池、足速いわー」

「今からでも、やっぱり陸上部に入らない？」

「バトンパスが上手《うま》くいけば、一位も行けそうだね」

俺たちのクラスでは、バトンパスを失敗したとはいえ見事に走り切った池に賞賛の声が送られていた。

「確かに、バトンパスがあんまり上手くいかないよね」

いつの間にか隣に立っていた夏奈が、俺に向かってそう言った。

「悪い……」

俺がそう言うと、夏奈が「へ？」と、呆《ほう》けた表情で呟《つぶや》いてから、

「なんで優児《ゆうじ》君が謝るの？」

「俺が、バトンパスが下手なせいだろ。流石《さすが》に分かる」

「優児君だけじゃなくって、私にも責任あるよ。というか、バトンパスが上手な子たちに話を聞いたんだけど、前後の人で少し時間を作って、放課後に練習してるみたいなの。だ

から、単に私たちの練習不足なんじゃないかな？」

リレーの練習をしている連中がいることに、俺は気づいていなかった。それで、俺たちよりもずっとスムーズにバトンパスができている連中が多かったのだろう。

「あ、春馬《はるま》がこっち来た」

クラスメイトに囲まれていた池《いけ》がこちらに歩いてきていることに夏奈が気づいた。

「二人ともお疲れ。少し良いか？」

俺と夏奈に近づいてきた池が、そう声を掛けてくる。俺たちはその言葉に頷《うなず》く。

「お疲れ」

「どうしたの？」

「明日がリレー本番だが、それまでにもう少しできることがあるんじゃないかと思ってな」

そう言ってから、池は続けて言う。

「放課後、少し時間をもらえないか？　クラスの時間が作れる連中で集まって、リレーの練習をしようって話になっているんだ」

池をはじめ、クラス全体でバトンパスの練習が必要だと考えていたようだ。

「俺は問題ない。ただ、夏奈はテニスの練習、大丈夫か？」

「練習量は少し前から調整してるから、少しくらいなら大丈夫だよ」

俺の言葉に、夏奈はにこやかに答える。

「二人とも、ありがとう。それなら放課後、よろしくな。……この後、先生や体育祭実行委員たちと打ち合わせで少し話さないといけないから、また後で」

池はそう言ってから、体育教師の下へと向かっていった。流石は生徒会長、大忙しのようだ。

「それにしても、池は責任感強いよな」

俺は池の背中を見送りながら、そう言った。

「え、どうして？」

「自分でリレーのメンバーに運動神経の良い奴《やつ》を集めないって言ったからこそ、最高の結果を出すために努力を欠かさない、ってことだよな」

俺の言葉に、夏奈は苦笑をした。

「優児君、それは春馬のことを買いかぶりすぎなんじゃない？」

それから、彼女は続けて言う。

「あれはただの負けず嫌いなんじゃないかな？」

「……負けず嫌いなら、それこそメンバーを固めて勝負をするんじゃないか？」

「春馬は、結果だけが全てじゃないって本気で考えているから、皆の前では楽しもうなんて言ってたけど。それとは別に、勝負事で負けるのも嫌なんだよ。めんどくさいよね」

「そうなのか……？」

夏奈の言葉に、いまいちピンときていなかったが、そう言えば竜宮《たつみや》も池を負けず嫌いだと評していたことを思い出した。

夏奈と竜宮、池と特に親しい二人がそう言っているのだから、的外れではないのだろう。

「池のこと、良く知っているんだな」

「幼馴染《おさなじみ》だもん、このくらいはね」

そう苦笑してから、夏奈は上目遣いに俺を窺《うかが》いながら言う。

「あれ、優児君。もしかして私が春馬のことばっかり話したから、嫉妬してる……のかな？」

「いや、そうじゃなくてな。……池はきっと俺のことを色々知ってるのに、俺は池のことを何にも知らないなと思うと、少し寂しくなってな」

俺の回答に「ええ、そっち……？」と、夏奈は露骨にがっかりしたようにため息を吐《つ》いた。

「でも、春馬より私の方が優児君のこと知ってるし、知りたいと思ってるからね？」

夏奈は優しく笑いながらそう言った。

「……ありがとう？」

俺が反応に困りつつも、照れながらそう答えると、

「どういたしまして」

夏奈は満面に笑みを浮かべ、そう答えた。

☆

そして、放課後。

俺は夏奈と池、その他時間が作れたクラスメイト達と共に、校庭にいた。

校庭は既に明日の体育祭準備が進められている。そのため、野球部やサッカー部といった普段校庭を使用している部活動生の姿は見えなかった。

体育祭本番前日、最後に練習ができる貴重な時間だ。早速、俺たちはバトンを一本借り受けて練習を始めた。

技術的な話は、クラスのバトンパスが上手な連中からコツを聞き、軽く走った限りでは、スムーズに受け渡しをすることができた。

「ダッシュしながら、この受け渡しができれば完璧だな」

「そう簡単に、上手くはいかないと思うんだがな」

俺の言葉に、池が答える。

それから、俺たちは実際に全力で走り、バトンパスの練習を行うことにした。……その結果。

「上手くいかないねー」

乱れる息を整えつつ、夏奈が俺と池に向かってそう言った。

実際に走りながらだと、やはりそう簡単に上手くはいかなかった。

夏奈からバトンを受け取る時も、池にバトンを渡す時も、息が合わない。

「……一度、夏奈から俺がバトンを受け取ってみても良いか？」

俺が苦悩していると、池がそう提案をした。

「え？……良いけど」

夏奈が答え、彼女が池にバトンを渡すことに。

池には何か考えがあるのだろうか、と思いつつ、二人は距離を取った。

それから夏奈は走り出した。池もタイミングを見計らって走り、そして――。

「あれ？」

「……やっぱりな」

タイミングよくバトンを受け渡した池は、十分に加速して走り抜けた。

不思議そうに首を傾《かし》げる夏奈と、こうなることが分かっていた様子の池。

「流石は幼馴染、息ぴったりだったな」

走り終えた二人に、俺は言う。

「優児が長距離を走った最初のリレーの時、夏奈《かな》からバトンを受け取った時は特に苦労しなかったことを思い出したから、試しにやってみたくてな」

「そういえば、あんまり気にしてなかったけど。確かに問題なくできてたかも」

池と夏奈の言葉に、

「……やっぱり、俺に問題があるっぽいな」

俺は苦笑しつつ言った。夏奈から池へのバトンパスが問題ないのであれば、その間にいる俺にこそ問題があるのは間違いない。

「優児に問題があるわけじゃないさ。ただ、夏奈に息を合わせてバトンを受け取るのが簡単なだけだ」

俺に配慮したのか池がそう言うと、夏奈が不満そうに言った。

「え、何それ？　私が春馬に合わせてあげてるんだけど？」

「それなら、俺にするように、優児にも合わせられるんじゃないか？」

「優児君にバトンを渡すのは、春馬に渡すのと違って、どうしてもドキドキしちゃって平常心でいられないから、そんなに器用なことはできないんだよ」

お互いに軽口を言い合う池と夏奈。その様子を見て、やっぱり息ぴったりだな、と思う俺。

こんな風に、揶揄《からか》うように女子と話す池は珍しい。

俺が知る限りだが、夏奈か、妹の冬華《とうか》くらいだろう。

と、考えてから――。

唐突に、俺の脳裏にとある考えが閃《ひらめ》いた。

池の好きな相手のことをしばらく考えていなかったけど……その相手っていうのは、もしかして夏奈のことなんじゃないか？　と。

夏奈はもちろん、俺が知っている相手だ。

その上、池は明らかに、夏奈を良くも悪くも特別扱いしている。

池がこれまで、夏奈の恋を応援しているかのように行動していたから、その考えに至らなかったのだが……。

池のような底抜けのお人好《ひとよ》しであれば、自分の気持ちをひた隠しにして、好きな相手である夏奈の恋を応援する、ということもあり得るのではないだろうか？

……正直言って、その可能性が一番高いように思える。

「優児君、ぼーっとしてどうしたの？」

思案する俺に対して、夏奈が問いかけた。

「え、あー……悪い、何でもない」

俺が答えると、夏奈は不思議そうに首を傾げてから、「それなら良いけど」と言った。

明らかに挙動不審となった俺の様子を見た池は、

「もしかして、優児《ゆうじ》……」

そう呟《つぶや》いてから、俺の肩に手を回し、耳元で囁《ささや》いた。

「俺の好きな相手が誰なのか、考えていたのか？」

「……何で分かった？」

「何となく、な」

池は楽しそうに笑い、そう言った。彼には俺の考えが手に取るように分かるようだ。気まずい気持ちになった俺は、ただ苦笑を浮かべた。

「特別ヒントだ。俺の好きな相手は、今優児が考えている相手じゃない」

その言葉に、俺は視線を夏奈に向けてから、もう一度隣で微笑む池を見た。

俺の視線の動きに気付いていただろうが、池は無言のまま、何も言わない。

……夏奈ではない、のか？

池の言葉を詳しく聞こうと、聞き返そうとしたが、

「二人で何を話してるのかな？」

一人だけ話に入れない夏奈が、不機嫌そうに問いかけてきたため、俺は口を噤《つぐ》んだ。

「優児に、夏奈からのバトンを受け取る時のアドバイスをしてたんだ」

「そうなの？」

池の言葉に、夏奈は興味深そうに聞いた。

「ああ。遠慮せずに、気楽に夏奈からの好意とバトンを受け取れば良い、ってな」

「たまには良いこと言うじゃん、春馬《はるま》！」

夏奈が池《いけ》に向かってサムズアップをした。とても喜んでいる様子だ。

「というのは冗談だ。冬華に十分遠慮をしてくれよ、優児」

「春馬のシスコン、一言多いよ」

「夏奈こそ、一言多いんじゃないか？」

あはは、と乾いた笑い声を漏らしつつ、夏奈の言葉に応える池。

「でも、春馬の言う通り。優児君、リレーの時、ちょっと緊張してるんじゃない？」

「緊張なんて、誰でもするんじゃないか？」

「そうだね、誰でもすると思う。だけど、優児君の場合は……いらないプレッシャーまで背負ってるんじゃないかな、って思って」

そう言ってから、夏奈は柔らかく微笑《ほほえ》んでから言った。

「優児君は、クラスのみんなのために頑張らないといけない、失敗しちゃいけない。……そんな風に思ってるんじゃないかな？」

「ああ、その通りだ。特に接戦だと、俺の番で失敗したらもう巻き返しができなくなるから、どうしてもプレッシャーがかかってな」

「優児は、学校行事でクラスメイトと一緒に頑張るということが、これまでできなかったから。どうしても緊張するんだよな」

池の言葉に、俺は頷《うなず》いた。できることなら、俺はクラスメイトの期待に応えたい。

「でも、そのプレッシャーで力んで、万全のパフォーマンスが発揮できないなら、一度頭空っぽにして、ただ私からバトンを受け取ることと、春馬にバトンを渡すことだけ考えていたら良いんじゃない？」

「それができれば、苦労はしないと思うんだが」

「できるよ。優児君は一人じゃなくって、私と春馬もいるんだから。優児君は、クラスの皆のこと、春馬や私の期待を重荷に考えないで。私たちは誰も、優児君に期待に応えて欲しいなんて思ってないよ」

「期待されていないというのは、それはそれで悲しくないか……？」

我ながら非常にめんどくさいことを、唖然《あぜん》としながら言うと、夏奈と池は笑った。

「優児君、私たちA組は、春馬が最初に言った通り、楽しむことを一番に考えてるから。だからたとえ優児君が失敗しても、責めるような人は一人もいないよ。折角の体育祭なんだし、肩ひじ張らずにもっと気楽に楽しもうよ」

「夏奈の言う通りだ。せっかくの機会なんだ、楽しもうじゃないか」

二人の言葉に、俺はどこか納得していた。

自分でも単純だと思うが……俺は、クラスメイト達《たち》から受け入れられたことに舞い上がっていたのだ。

そのせいで、必要以上に力《りき》んでしまい、バトンパスも上手《うま》くいかなかった。……そのことに、自分で気づく余裕も、もちろんなかった。

指摘されれば、それは本当に単純なことだった。

俺はみんなの期待に応えるためじゃなくて。

みんなと一緒に楽しむために、走るべきだったんだ。

不必要なまでに感じていたプレッシャーに、俺の身体《からだ》は思うように動かなくなっていたのだろう。

だけど、夏奈と池の言葉を聞いて、自分の状態に気が付くことができた。それは、普段から俺を見てくれている二人だからこそ、簡単に指摘できたことなのだろう。

不安もプレッシャーも、未だ感じる。だけど……きっと、もう大丈夫だ。

「……ありがとう二人とも。次は絶対に、上手くいく。……と思う」

俺の言葉に、池は真直《まっす》ぐに俺の視線を受けてゆっくりと頷いた。

そして夏奈は、嬉《うれ》しそうに俺を見てから、

「うん、絶対に上手くいくよ」

と、優しく笑って言うのだった。

その後、俺たちはもう一度、走ることにし——。

これが本番ではないことが悔やまれるほど、完璧なタイミングでのバトンパスに成功するのだった。

8．体育祭

体育祭当日。

空を見上げると、雲一つない晴天で、絶好の体育祭日和だった。

体力のない生徒を殺しに来ているとしか思えない校長の長話を聞き流し、今度は各応援団長の選手宣誓が終わると、いよいよ競技が始まる。

俺は早速、二年男子全員参加の百メートル走に参加するため、待機列へと並んだ。

周囲を見れば浮かれた様子で近くの人間と話しまくっているのだが、俺の周囲だけ誰一人として一言も話さない、完全にお通夜状態だった。

かなり気まずい中、俺は申し訳なさ過ぎて自分の走る番がくるのをただひたすら祈った。

数分が経過し、いよいよ自分の番が回ってきた。

俺がスタートラインに立つと、同じく走る生徒たちの動揺が手に取るように伝わるが、それを無視。

深呼吸をしてから集中力を高め、ポジションにつく。

それから、スタートの合図が耳に届き、全力でダッシュをする。

「優児君、頑張れー！」

走っている最中、夏奈《かな》の声が聞こえ、そちらを振り向く。

手を振るような余裕はないが、視線で応える。

「ア、アニ、アニ……アニーーーーっ！！　アァーーッ!!　ホアァァーーーッ！！！」

と、今度はやたら興奮した様子の野太い声が聞こえた。

速度を緩めずチラリと視線を向けると、応援団の旗を振り回した甲斐《かい》が、熱心に叫んでいた。

どうやら俺と同時に走っている生徒の中に、「阿仁《あに》さん」がいるらしい。

あの律義な甲斐が敬称略をしているところを見るに、よっぽど興奮しているのだろう。

阿仁さんとやらは随分と慕われているんだな、サッカー部の先輩だろうか？　と微笑ましい気持ちになりつつ、俺は無事に一着でゴールしたのだった。

走り終えた俺は、息を整えてから自クラスの連中が待機しているテントへと戻るために歩いていると、

「あら、友木《ともき》君」

女性の声が耳に届いた。俺は視線をそちらに向けて、声の主を見る。

そこにポニーテールに髪を纏《まと》めた、ジャージ姿の真桐《まきり》先生がいた。

「どうも」

俺が会釈すると、真桐先生は柔らかく笑ってから、ゆっくりと口を開いた。

「百メートル走、見ていたわ。足、すごく速いのね」

珍しく真っすぐに褒められた俺は、気恥ずかしくなり、言葉に詰まる。

「身体を動かすのは、嫌いじゃないので」

俺が一言答えると、真桐先生は優しげに目を細める。どうしてか気恥ずかしくなる俺に、

「今年の体育祭は、楽しい思い出をたくさん作れそうかしら？」

と、問いかけてきた。

俺は去年、体育祭をサボったことを思い出し、心配と迷惑を真桐先生にはかけていたんだな、と今更ながらに気づいた。

「精一杯、楽しんでみようと思います」

俺が言葉にすべきは謝罪ではないと思い、そう言った。

俺の言葉を聞いた真桐先生は俺の言葉を聞き、満足そうに頷いてから、

「そう。……それじゃ、今日は頑張ってね」

と言った。

俺が無言のまま頷くと、真桐先生はそれから再びテントに向かおうとして……、

「あ、あれぇ……？」

勤務時間中の真桐先生らしからぬ、間の抜けた声が聞こえ、俺は振り返った。

「どうしたんですか、真桐先生？」

口を金魚のようにパクパクと開閉させている真桐先生に俺は問いかけるが、彼女の動揺は酷《ひど》く、「あ、う……えー」と小さく呟《つぶや》くのみ。

一体何を見ているのだろうかと思い、彼女の視線の先を見た。

驚いたことに、そこには夏奈と……どこか見覚えのある、ナイスミドルな男性がいた。

そのナイスミドルは、夏奈に向かってにこやかに微笑みかけつつ、口を開いた。

「お嬢さん。先ほど君は、優児《ゆうじ》君を熱心に応援していたようだが、どういった関係なのかね」

彼らの周囲にはあまり人がいないためか、落ち着いた声音が、少し離れている俺たちの耳にまで届いた。

「え……あ、あの。どちら様ですか……？」

夏奈は突如現れた、そのナイスミドルな不審者に動揺しつつ、当たり前のことを尋ねた。

その不審者は、待ってました、と言わんばかりの表情を浮かべてから、夏奈の問いかけに応えた。

「私かね？　私は優児君の義理《ち》の父《ち》です」

自信満々に俺の父を自称したナイスミドルは、真桐先生の実の父親である千之《せんの》丞《じょう》さんだった。

なるほど、教師の父親が体育祭の見学に来るのはおかしいが、生徒の保護者として体育祭の見学に来るのはおかしなことではない。

そのため、千之丞さんは俺の父と偽ったのだろう。

真桐先生が職場でしっかりやっているかを見たくて見学に来たんだろうなと、即座に納得する。千之丞さん、親バカだからな……。

そして、夏奈に声を掛けたのは、俺の友人であれば、真桐先生から直接教えを受けている可能性は高いと踏んだのだろう。色々と聞き出すつもりに違いない。

真っ赤になって震える真桐先生と、爽やかに笑う千之丞さんを交互に見て、これからどうなるのだろうかと、体育祭が始まったばかりだというのに俺は不安になった。

「あ、優児君のお父さんなんですか！　初めまし……ええーー!?　優児君のお父さんなんですか!?」

千之丞さんの言葉を真に受けた夏奈は、驚愕《きょうがく》の表情を浮かべた。

「そ、その……初めまして、私、葉咲《はさき》夏奈って言います！　優児君にはいつもお世話になっていて、その、なんていうか……これからも末永くよろしくお願いします！」

千之丞さんの言葉を聞いて、顔を真っ赤にしてから頭を下げる夏奈。

「あの、真桐先生、止めた方が良さそうじゃないですか？」

「下手なタイミングで止めに入って、私の父親だとバレてしまったら……私はお父さんをこの手で……」

無表情の真桐先生が、固い声音で怖いことを言っていた。

……ので、聞かなかったことにした。

「優児にお世話になっている……？」

その言葉に、今度は俺に、衝撃が走った。

夏奈の言葉に反応したのは、彼女と会話をしている千之丞さんではなかった。

……とても聞き慣れた人間の声だった。

恐る恐る、夏奈と千之丞さんの会話に入った人間の顔を確認した俺の背には、冷たい汗が流れ落ちていた。

まさか……こんな最悪なタイミングで俺の親父《おやじ》が居合わせるなんて……！

「え、と……あの？」

突然の闖入者《ちんにゅうしゃ》に、動揺を浮かべる夏奈。

「もしや、あなたは優児君の……？」

千之丞さんは、俺の親父を見て目を見開き、そう問いかけた。

自分の嘘《うそ》が暴かれてしまうと悟り、内心焦っていることだろう。

「ええ、優児の父です」

俺の親父は、千之丞さんを真直ぐに見据えながら、堂々とそう宣言した。

その言葉を聞いて、千之丞さんはなぜか瞳を輝かせ、

「え？　優児君のお父さんは、こちらの方じゃ……？」

夏奈は混乱していた。

夏奈のその言葉を聞いて、親父は怪訝《けげん》そうに眉をひそめた。

「もしや……」

と呟き、千之丞さんを見てから、問いかける。

「先生は、お元気ですか？」

「ええ、元気にやっていますよ」

千之丞さんは、嬉しそうに笑いながらそう言った。

彼の言葉を聞いた親父も、同じように嬉しそうに笑いながら、右手を差し出してから言う。

「なるほど、確かにあなたは優児の義理《ちち》の父《ち》で間違いないようだ」

「そういうあなたも、優児君の父で間違いありませんね」

千之丞さんはそう応え、豪快に笑いながら差し出された手を力強く握っていた。

「そっか。優児君、複雑なご家庭……だったんだ」

夏奈は二人の会話を聞いて、寂しそうな表情を浮かべてそう呟いていた。俺が荒れていた原因は家庭環境にあったのだと想像しているのかもしれない。

間違いはないのだが……流石《さすが》に、夏奈が思うような複雑な家庭ではない。

しかし、彼女の驚愕も理解できる。なにせ、二人の素性を知る俺でさえ、互いを父と認めた思考過程が全く分からないのだから。

「……真桐先生？　大丈夫ですか？」

俺は、顔が真っ赤になっている真桐先生に問いかける。実の親の醜態を生徒に見られてしまい、羞恥心が限界突破してしまったのだろうか？

「……友木君、気づかなかったかしら？」

真桐先生は、大きくため息を吐《つ》いてから俺に向かってそう言った。

「全く意味の分からない会話だったので、何も気づけなかったんですが……」

俺がそう答えると、真桐先生は俺から視線を逸《そ》らしつつ、答える。

「おそらく。あの二人の間で、私たちの関係が認められてしまったのよ」

一瞬、何を言っているのか分からなかった。だが、彼女のその恥じらう様子を見て、徐々に理解が追い付いた。

千之丞さんはもちろん、あのラブコメ大好き親父も、俺と真桐先生が恋人だと勘違いしている。

そして、千之丞さんは俺の父……ではなく義理の父を名乗り体育祭に現れ、親父と出会った。

親父は僅かな会話から、千之丞さんの正体を把握し……あろうことか打ち解けてしまったのだ。

　真桐先生の言葉から、そこまで推測できた俺は、彼女へ視線を向ける。

「……何か、すみません」

「……こちらこそ、申し訳ないわ」

　俺と真桐先生の間に、非常に気まずい空気が流れる。

　互いの親の勘違いで済んでいたのに、二人ともその気になってしまうと少々話が変わって来るのではないだろうか。

「流石に、これ以上ややこしいことにはなりませんよね……？」

「そう願いたいわ……」

　祈るように、真桐先生が囁《ささや》く。

　俺と真桐先生は、三人の会話に耳を傾けることにした。

「ああ、すまない。葉咲さん、と言ったね。先ほどの話で、末永く、とはおかしな言い方だね。その言い方だとまるで、優児君と君が交際しているようにも聞こえてしまうが？」

　親父と千之丞さんの会話を聞いて、思考停止していた夏奈に、早速おかしなことをぶっこんだ千之丞さん。

　その言葉に、ふむと、真面目な表情で頷《うなず》いている俺の親父。

　ややこしくなりそうなことを平然と言った彼に、俺と真桐先生が唖然《あぜん》としていると、

「確かに、優児君のお父さんであれば、彼女のことを知っていても不思議じゃないですよね。……だから、私の言葉はおかしな風に聞こえるかもしれませんよね」

と、夏奈《かな》が肩を落としつつ言った。

その言葉に、俺と真桐《まきり》先生に緊張が走る。

夏奈の言う『彼女』とは、『ニセモノ』の恋人である冬華《とうか》のことを言っているはずだ。

しかし、親父と千之丞さんは俺の恋人は真桐先生だと勘違いしている。教師と生徒、所謂《いわゆる》禁断の関係なのだから、周囲には秘密にしているはず、と考えているに違いない。

なのに、夏奈の口からは、周囲に秘密にしているはずの俺の『恋人』に関する話題が出てきた。

当然、違和感を抱いたはずだ。

「……君は、優児君の恋人のことについて知っているのかね？」

焦ったように問いかけるのは、千之丞さんだ。

流石に彼の中でも、俺と真桐先生の関係が周囲に知れ渡っているとは考えていなかったのだろう。いや、その考えで合ってはいるのだが。

「綺麗《きれい》でスタイルも良くて、明るくて。二人は凄《すご》く、お似合いだと思っています」

夏奈の言葉に、親父が「確かに、そうだな」と頷いた。

その反応を見た夏奈は、ギュッと胸の前で拳を握ってから、二人に向かって宣言する。

「それでも私、負けませんから！　きっと、お父さんたちにも認めてもらえるよう、諦めませんから！」

夏奈が真直《まっす》ぐに俺のことを想《おも》ってくれていることに、俺は非常に嬉《うれ》しくなり、そして同時に申し訳なくなる。

だがそれ以上に、親父と千之丞さんにそんな大胆な宣言をするのは非常に危険だと思い、気が気でなかった。

「ほう……それは楽しみだ」

千之丞さんは、夏奈の宣言を聞いて、満足げに頷いた。

「……それでは、私は競技に出ないといけないので、ここで失礼します。お二人にはまた、いずれご挨拶に伺いますので！」

そう言って、夏奈は二人に背を向けて立ち去った。

親父と千之丞さんは、夏奈の背中を見ながら満足そうにふむと頷いていた。

そして、俺と真桐先生はというと、自然とハイタッチをしていた。

良かった、俺に冬華という『ニセモノ』の彼女がいることがバレて、更に面倒な事態になることが避けられた。

「友木《ともき》君のお父さんには悪いけど、あの二人は速やかに追い出すわよ」

「同意見です。今すぐに出て行ってもらいましょう」

真桐先生は俺の肩を叩《たた》き、普段より数段低い声音でそう言った。

俺ももちろん同意見だ。これ以上ややこしいことになる前に、ご退場していただかなければ。そう思い、俺と真桐先生は親父たちの下へと向かった。

「千之丞《せんのじょう》さん、どうも」

俺たちは二人に近づき、背後から声をかけた。

「その声は……優児《ゆうじ》君か！」

ぱっと振り返りつつ、緩んだ口元で俺の名を呼んだ千之丞さん。

声だけで俺と分かるなんて凄いな、と驚いていると、彼は「おほん！」と咳払《せきばら》いをしてから、口元を固く引き締めた。

「こんなところで奇遇だ。元気にしていたかね？」

と、白々しさ１００％でお送りする千之丞さん。

「元気にしていました。……親父も、来てたんだな」

「息子の晴れ舞台を見に来て、何か問題があったか？」

ため息を吐きながら、親父はそう答えた。

「いいえ、生徒の保護者が体育祭の見学に来ても、悪いことは何もありません」

親父の言葉に答えたのは、真桐先生だ。

親父は真桐先生に一度会釈をしてから、返答する。

「愚息がお世話になっています、千秋《ちあき》さん。……いや、ここでは一応、真桐先生とお呼びした方がよかったでしょうか？」

「こ、ここではといいますか……そうですね、お願いします」

色々と言いたいことがあるはずの真桐先生は、ぐっと堪《こら》え、非常に複雑そうな表情を浮かべて、親父の言葉に返答した。

「……ちなみに生徒の保護者でもないのに、お父さんはどうしてここにいるのかしら？」

「久しぶりに、優児君の姿を見ようと思ってな。ついでに、お前が学校で教師としてやっていけているか、見ておきたくてな」

「それで、生徒の保護者だと偽り、女子生徒に声を掛けたわけね。……不審者として警備の人につまみ出される前に、自主的に帰ってもらっても良いかしら？」

真桐先生の鋭い視線を受けて、言葉に詰まる千之丞さん。

「……確かに、少々強引な手段を取ってしまったな。優児君に挨拶もできたことだし、私は帰るとしよう」

肩を落とし、そう言った千之丞さん。

分かりやすく落ち込んでおり、見ていて可哀《かわい》そうになってしまった。

「親父ももう帰れよ。今日来たのも、どうせ真桐先生に挨拶するのが目的だったんだろ？」

「……そうだな。バカ息子が悪さをしないように真桐先生が目を光らせてくれているようで安心したことだし、俺も帰るとしよう」

親父《おやじ》の言葉に、俺と真桐先生はホッと一息吐いた。

良かった、これ以上ややこしいことにならなそうで。そう思っていると。

「ああ、そう言えば先ほど、優児君の話を一人の女子生徒に聞いたのだが」

このタイミングで、千之丞さんがそう前置きをしてから、話し始めた。

「彼女、葉咲《はさき》さんと言ったかな。優児君のことが好き過ぎるあまり、周囲には隠し続けている千秋との関係のことにも、感づいているようだった。……私に対しても頑《かたく》なに秘密主義を貫くのだから、学校内で明らかになるような行動は慎んではいるのだろうが、それでも恋する乙女は侮れん、ということか……」

千之丞さんは、夏奈の言葉に確かに違和感を抱きつつも、そのように整理をしているようだった。

「息子よ。油断をして周囲にバレるような振る舞いはしないように、気を付けるんだな」

「いや、だから俺たちは別に……」

俺は、二人の言葉を否定しようと口を開くが、

「分かっているさ、優児君。それ以上は、何も言わなくても良い」

俺の言葉を遮り、千之丞さんは言った。その言葉に、親父は満足そうに頷いていた。

俺と真桐先生が恋人であると頑なに信じ続ける千之丞さんと親父。

困惑する俺をよそに、千之丞さんは真桐先生に向かって言う。

「開会式の様子を、ほんの少し見たが。お前が上手《うま》くやっているようで、安心した。身体《からだ》に気を付けて、この後も頑張りなさい」

「……お父さんに言われるまでもないわよ」

千之丞さんの言葉を聞いて、真桐先生は呆《あき》れたような表情をしつつ、それでもどこか嬉しそうに、柔らかな声音で呟《つぶや》いた。

結局千之丞さんは、真桐先生のことが心配だっただけなのだろう。

そう思うと、保護者と偽り体育祭に潜入する非常識さも、どこか微笑《ほほえ》ましく感じてしまうので困る。

「優児も。サボったりせず真面目に体育祭に参加するんだな」

「……ああ」

親父が俺に向かってそう言った。どこか嬉しそうな表情だったのは、これまで俺が学校行事をサボり続けたことを、知っているからだろう。

「では、我々は今度こそ退散するとしよう」

千之丞さんが言うと、親父が彼に向かって尋ねた。

「この後お時間あれば、一杯どうでしょう？　早い時間からやっている、日本酒と魚の美《う》味《ま》い店を知っていまして」

「美味い酒と魚ですか。それは良いですね、ぜひ」

二人はそう言葉を交わし、上機嫌で立ち去って行った。

休日の朝っぱらから酒か……と呆れつつも、無事に彼らがいなくなり、一件落着。

……と思いつつ、酒を酌み交わしながら、二人で何を話すのか分からず、新たな不安が胸に宿った。

「……お互い、思い込みの激しい親を持つと苦労するわね」

どこか怒ったように、そして恥ずかしそうに、真桐先生が呟いた。

「しかもその二人が同じ思い込みをしているから、更に大変でしたね」

二人の親父が出会ったことで、今後にどんな影響が出るのか分からないが……面倒なことになるのは間違いないだろう。

「そうね。……でも」

真桐先生はそう言ってから、俺の顔を真直ぐに見つめてきた。

「でも？」

「思い込みが本当になれば、苦労することもなくなるのかしら？」

「それは……」

真剣なその表情と言葉に、俺はドキリとして、言葉に詰まった。

揶揄《からか》われているだけだと、頭では理解できている。だけど、どうしても。

彼女のその綺麗な瞳に見つめられると、思ったように言葉にできなかった。

「……冗談よ。本気にしちゃったかしら？」

クスリ、と真桐先生が笑みを浮かべてから問いかける。やはり、冗談だったようだ。

俺は不満を隠しもせずに、答える。

「冗談だと分かっていても、真桐先生みたいな美人にそう言われれば、緊張して言葉に詰まりますから」

俺の言葉を聞いた真桐先生は、嬉しそうに笑ってから言う。

「父を見つけた時はどうなることかと思ったけど……早速、思い出ができたかしら？」

「ええ、強烈すぎて、忘れたくても忘れられない思い出ができてしまいました」

俺はそう言ってから、苦笑を浮かべる。

「それなら良かったわ」

真桐先生は俺の言葉を聞いて、微笑みを浮かべてそう答えた。

彼女から向けられたその笑顔も、俺にとっては忘れられない思い出になるが。

流石《さすが》に面と向かってそのことを伝える度胸はなかった。

☆

真桐《まきり》父娘《おやこ》とのやり取りの後、俺はクラスのテントに戻ることに。

「あれ、友木。戻るの遅かったな。なんかあったのか？」

俺を見つけた朝倉《あさくら》が、即座に声をかけてきた。

「知り合いとたまたま会って、少し話していただけだ」

俺の言葉に、「おー、そうだったのか」と答える朝倉。

実父と義理の父を名乗る知り合いとは、流石に言わなかった。

「お、次は一年の種目か。えーと、……何やるんだっけ？」

朝倉は運動場を見ながら、プログラムに視線を落としつつ、俺に問いかける。

「借り物競走、だったんじゃないか？」

運動場に長机が運ばれ、その上にプラカードが配置されているのを指さしながら言う。

「あ、そうみたいだな」

朝倉の言葉に頷《うなず》きつつ運動場に視線を移すと、一年生後輩たちが何組かに分かれて待機をしている。

その待機列を見ると、三組目に冬華《とうか》が待機をしているのが分かった。

すぐに一組目が走り出し、二組目まで無事に終わり、三組目の選手がスタートラインに並んだ。

「お、冬華ちゃんだ。……彼氏として、応援しなくちゃいけないいんじゃないか？」

ニヤニヤしながら言う朝倉。

確かにそうしなければいけないかも、と一瞬脳裏をよぎったが、

「冬華はそんなこと気にしないだろ」

と朝倉に答える。

それから運動場を見ると、プラカードを手にした冬華がこちらにやってきた。

「優児先輩、来てくださーい！」

と、冬華が俺に声をかけた。

「俺か？……行ってくる」

一体どんなお題なのだろうかと戦々恐々としつつ、俺は立ち上がってから朝倉にそう言い、冬華と一緒に走り始めた。

「なぁ、冬華、お題って何なんだ？」

と俺が尋ねると、

「先輩、後ろから追いかけられているんで、ちょっと急ぎますよ！」

そう言って彼女は俺の手を引いて、勢いを緩めないまま走り、一着でゴールをする。

「それではお題、確認させてもらっても良いですか……？」

恐る恐る、といった様子で、冬華に尋ねる、体育祭実行委員の女子。

「はいはーい」と、冬華は応えて、手にしたプラカードを見せた。

『強面《こわもて》の先輩』とか、『犯罪者顔の人』とかでないことを祈っていると、実行委員の女子が、俺と冬華を交互に見てから、

「『好きな人』。……あ、そうですね、オッケーです」

と言った。

……俺と冬華のような「ニセモノ」の恋人関係がある人間か、公然と付き合っているような陽キャ以外には、あまりにも残酷で無慈悲なお題だった。

「いやー、ラッキーでした。とっても簡単なお題で。……ご協力ありがとうございました、優児《ゆうじ》先輩」

と、悪戯《いたずら》っぽく微笑んだ冬華。

「お、おう……」

確かに、冬華にとっては相当簡単なお題だったろうが、俺としてはやはり気恥ずかしいのだった。

☆

それから、午前中は何事もなく体育祭は進行した。

去年は体育祭をサボっていたためわからなかったが、多くの生徒が楽しそうにしていた。

そして俺はというと……まぁ、そこそこ楽しんでいると思う。

☆

昼食をとってから休憩をしていると、忙しそうな様子の池《いけ》から声をかけられた。

「すまん、優児。今時間良《い》いか？」

「ああ、どうした？」

「午後からの競技で使う道具が体育倉庫前に用意してあるから、それを取りに行ってもらって良いか？　今、手が離せなくてな」

「分かった、任せておけ」

当たり前のように体育祭実行委員の手伝いをしている池の頼みに、俺も素直に応じる。

早速俺は、体育倉庫へと向かった。

そして、体育倉庫近くまで辿《たど》り着いた俺は、少々困っていた。

池の言っていた道具を見つけたのだが、その周辺に男子生徒数人がたむろしているのを見つけたからだ。

俺が今彼らの前に立てば、きっと驚かせてしまうだろうな……、と考えていたところ。

「あのヤンキー張り切りすぎじゃね？」

「友木《ともき》だろ？　マジで萎えるよな」

「あいつらのクラス、空気読めてないっつうかさー」

「あんなヤンキーと楽しく体育祭？　無理無理、普通にビビるし」

「あいつ、池の前では大人しくしてるみたいだし、クラスの連中は表面上仲良くしなくちゃいけないいんじゃねーの？」

「あり得るな。Ａ組の連中もあんな完璧超人に仕切られたらたまったもんじゃねーよな。気の毒に」

なんていう会話が聞こえてきた。

……極悪なヤンキーだと思われている俺が体育祭に参加すれば、多くの生徒からこんな風に思われても仕方がない。

俺が楽しんでいるばかりに、彼らに不愉快な思いをさせてしまって、申し訳ないと思う。

……だが、善意で行動してくれている池や、クラスメイトのことまで悪く言われているのは、気分が悪い。

一言文句を言ってやろうと思い、俺は彼らの前に出ようとしたのだが、

「……今の話、聞き捨てなりませんね」

背筋も凍るような、冷ややかな声が聞こえた。

その声の主は、いつの間にか体育倉庫前にいた。

「お話、詳しくお伺いしてもよろしいでしょうか？」

冷徹な表情を浮かべるその声の主は、池に恋する生徒会副会長、竜宮乙女《たつみやおとめ》だった。

「うわ、副会長。……何でもねーよ」

男子グループのうち一人が、あからさまに気まずそうに応えた。

彼らは決して不良というわけではないので、『ああん、うるせーな。天下の副会長様が何の用だ？』みたいな分かりやすいセリフは言わないものの、雰囲気はかなり悪かった。

「何でもないというのなら、こんな人気《ひとけ》のないところで何をしていたというのでしょう？」

「休憩時間に何をしていたって、そんなもんこっちの勝手だろうが……」

ぼそり、と一人の男子が呟《つぶや》く。

「そうそう。それとも善良な生徒である俺たちが、隠れて煙草《たばこ》でも吸ってるんじゃないか？　とか、言いたいわけ？」

挑発的な男子生徒の視線。竜宮一人に対して、男子複数。

数の有利があり、余裕ができたためか、男子生徒たちはどこか馬鹿にしたような態度を取り始めた。

「いいえ、煙は見えなかったですし、匂いもしませんから。煙草を吸っていたとは思っていません」

きっぱりと竜宮は言う。

その言葉を聞いて、男子たちはニヤリと口端を吊《つ》り上げる。

「だったら……」

「ですが」

反論しかけた男子の言葉を遮って、竜宮は続けて言う。

「人気《ひとけ》のない場所で、他人の悪口を嬉々《きき》として話す。あなたたちの行動を見れば、決して善良な生徒とは言えませんね」

竜宮の言葉を聞いた男子生徒たちは、咄嗟《とっさ》に反論をしようと口を開きかけたものの……明瞭な意見を言わないまま、彼らは再び口を閉じた。

「言うまでもないことですが、会長は人気取りのために人付き合いをするような方ではありません。根拠のない誹謗《ひぼう》中傷は、この私が許しません」

ジロリ、と男子を睨《にら》みつける竜宮。

怯《ひる》んだ彼らに対して、竜宮は少し間を空けてから、再び告げる。

「それに……あの友木さんも。理由なく人を傷つけるような人ではありません。噂話《うわさばなし》に踊らされず、その目でちゃんと見るべきです。……私の友人を侮辱することを、決して許しはしません」

と、耳を疑う言葉を告げた。

俺は竜宮から良く思われていないはずなので、今の言葉は正直かなり驚いた。

竜宮の言葉を聞いて、男子生徒はそれぞれ顔を見合わせてから、

「……っち、うぜー」

「なんか白けたな」

「さっさともどろうぜ」

そう言い残して、急ぎ足でこの場から立ち去った。

「はぁ」と、竜宮は小さくため息を吐《つ》いた。

俺はそんな彼女の前に姿をひょいと現し、

「よう、竜宮も午後の準備の手伝いか？」

そう声をかけた。

竜宮は振り返り、俺を見て顔を青くし、

「と、友木さん!?……もしかして今の会話を、聞いていましたか？」

「何のことだ？」

「いえ、聞いていないなら良いんです。……私は午後からの競技に使う道具を運び出さないといけないので、これで失礼します」

竜宮は俺から視線を倉庫前に置かれた備品に向けた。

池から頼まれていた道具の持ち運びだが、竜宮にも依頼をしていたのだろう。

「それなら、俺も手伝う。池から頼まれていたからな」

俺が言うと、竜宮はじっくりと俺を見た。

「どうした?」

「我々生徒会は、学校行事を滞りなく進めるために体育祭実行委員に協力しているわけですが……会長からの頼みとはいえ、面倒であれば断っても良いんですよ? それで不機嫌になる人でもありませんし」

竜宮の言葉は意外だったが、とある考えが思い浮かび、問いかけた。

「もしかして、俺が池に頼られているのを嫉妬しているのか……?」

俺の言葉に、竜宮は不機嫌そうに俺を睨みつけてから、「はぁ」と大きくため息を吐いた。

「……嫉妬、というのも正直あるのかもしれません。あまり他人を頼らない会長ですが、友木さんにだけは信頼を寄せているように見えるので。あなたは、会長にとって特別なんでしょうね」

竜宮はどこか寂しそうに言った。

確かに、池は人に頼るよりも頼られることの方がよっぽど多い。

だからといって、俺にだけ信頼を寄せている、というのは違うような気がする。

俺が学校行事で真面目に働けば、周囲の見方が変わり、俺のためになるだろうと配慮しているだけなのではないか。

「世間話はここまでにして、行きましょうか」

竜宮がそう言い、用意されていた道具類を手分けして運ぶことに。それから歩き始める。

無言のままでは、先ほどの会話もあって気まずいと思った俺は、楽しい話題を提供することにした。

「なぁ、竜宮。俺ほどじゃないかもしれないが、お前も結構敵が多いだろ？」

「しっかりと聞いてるじゃないですかぁっ！」

竜宮が慌てて振り返り、怒ったように言った。

「『何のことだ？』とは言ったが、聞いていないとは言ってないだろ？」

「なんという屁理屈《へりくつ》……」

胡乱気《うろんげ》な眼差《まなざ》しを向けてくる竜宮。

「池のことはわかるが、どうして俺のことまで庇《かば》ったんだ？　不良と思われている俺まで庇えば、他の生徒に反感を持たれるのは当然なのに」

俺は彼女に好かれてはいないだろうから、俺のことも庇ってくれたことを、意外だと思っていた。

俺の問いかけに、彼女は「はぁ」とため息を吐いてから、

「そもそも、友木さんは不良ではありませんよね」

と、きっぱりと言った。

「他の生徒が俺を不良だと思っていることに、間違いはないだろう？」

「だとしても、私はあなたがそんな人間ではないと知っています。そして、私は他人の言葉よりも、自分の判断を信じます」

先ほどの男子に言った際と同様に、今度は俺自身に対し、当然のことのように、彼女はそう言ってくれた。

それから、少しだけ恥ずかしそうに、彼女は続けて言う。

「それに、友人の悪口を言われたら、良い気持ちにならないのは当然でしょう」

「友人……」

彼女のその言葉に、俺は小さく呟いて応える。

「……え。あれ？　え、私たち、もう友人……じゃなかったですか？」

不安げに、こちらをちらちらと窺《うかが》う竜宮。……本当に有難いことに、彼女は本気でそう考えてくれているようだった。

「そうだな、友人……だよな。いつも張り合われていたし、何だったら竜宮自身から陰口を言われていたこともあるから、面食らっていただけだ」

「その節はすみませんでした」

俺の言葉に、竜宮は謝罪と共に頭を下げた。

「冗談だ。俺はもう気にしていないし、竜宮も気にするな」

俺の言葉を聞くと、「友木さんの冗談は分かり辛《づら》いですね」と不満げに言ってから頭を上げ、今度は不敵な笑みを見せてきた。

「ちなみに、友人とは言っても、好敵手と書いて『とも』と読む関係ですから。むしろ、友木さんに張り合いがなければ、困りますよ？」

相変わらずの少年漫画脳な竜宮のそのセリフに、俺も感化されてしまったのだろうか？

「午後からの騎馬戦、負けるつもりはないからな」

変に高いテンションになって、挑発的な言葉を返した俺。

「望むところです……っ！」

同じく挑発的な表情を浮かべて応える竜宮も、間違いなく変なテンションになっていたに違いないだろう……。

☆

午後に入り、一つの目玉である応援合戦も無事に終わり、残る競技種目もわずかになった。

白・紅《あか》組の得点を確認する。

俺たち白組の方が、やや高い。

次に行われる騎馬戦の結果次第では、このまま勝敗が決まる可能性もある。

「よし友木《ともき》。ここで勝負を決めるつもりでやろうぜ！」

騎馬として俺を支えてくれている朝倉《あさくら》が言った。

後ろには同じく騎馬である体育祭実行委員の伊井《いい》と野球部の野口がいる。

この騎馬戦は、十分という競技時間でどれだけ多くの鉢巻きを相手チームから奪えるか、という非常にシンプルなものだ。

俺たち白組には池《いけ》がいるが、単騎の活躍だけで勝てるような競技ではない。

だが、単騎の頑張りは決して無駄にもならない。

「ああ、頑張ろう」

そう考えて、俺は朝倉の言葉に頷《うなず》いて応える。

「それではみなさん、準備をお願いします」

アナウンスが聞こえ、騎馬を組んでもらい、その上に俺はまたがった。

周囲の用意ができたころ、

「それでは、よーい……」

ドン
という空砲の音が響き、競技が始まった。

俺たちは一気に駆け抜け、相手チームへと向かう。

「え、と、友木っ⁉」

「に、逃げろーー！」

俺の姿を見て動揺しまくる対戦相手の鉢巻きをサクッと取る。

「よし、流石《さすが》友木だ！」

朝倉が嬉《うれ》しそうに言う。その流石はもしや、俺の強面《こわもて》のことを言っているのだろうか？

と一瞬考えたが、すぐに切り替えて競技に集中する。

次の相手を探していると、

「そこまでですよ、友木さん」

挑戦的な声に振り向くと、自信満々な表情の竜宮《たつみや》が、騎馬の上で腕を組んでいた。

今回の騎馬戦は、男女混合の競技ではあるが、基本的に荒っぽい競技なため、男子の数が目立つ。そんな中で女子が参加する利点は、鉢巻きを獲得した際に、得点にボーナスがつくという事。

なので、女子は特定の相手に固執せず、取れそうな鉢巻きを片っ端から取る、という戦法をした方がチームにとってはありがたいはずだが……。

どうやら彼女は、まずは俺との決着をつけたいようだった。

「池の方にはいかないで良いのか？」

「心配はご無用。会長には足止めを向かわせていますから」

乱戦の中、視線を巡らせる。

するると、視線の先に四組の騎馬に囲まれている池がいた。

「……四組だけなら、すぐに池が片づけるぞ？」

「会長は確かに素晴らしい身体能力を持っています。しかし、その騎馬はどうでしょう。会長の身体能力を生かすレベルの意思疎通ができるのでしょうか？……とはいえ、四組程度の相手は、友木さんのおっしゃる通り、時間をかければ打ち破れるかもしれませんね」

「……その前に、竜宮が加勢に行くつもりってわけだ」

俺の言葉に、竜宮はニヤリと頷き、

「弱い騎馬が強い騎馬を押さえる。それだけで十分な仕事を果たしているんですよ」

ドヤ顔でそう言った。

どこかで聞いたようなセリフ……おそらく彼女は最近、遅効性のSF漫画を読んだのだろう。意外にも俺と竜宮の漫画の趣味は合うらしい。流石は俺の好敵手《とも》だ。

「舐《な》められたもんだな」

俺の言葉に、竜宮は悪戯《いたずら》っぽい笑みを浮かべてから、

「まさか、舐めるだなんてとんでもありません。私はあなたを警戒しています。それに前も言いましたが……私はあなたにも、勝ちたいんですよ？」

挑発的な視線を向けてくる竜宮は、続けて言う。

「さて、それでは……会長《メインディッシュ》の前に、まずは前菜《オードブル》からいただくとしましょう」

残念なことに、未《いま》だに変なテンションが継続中の竜宮は、計算されつくしたカッコいい首の角度で、そう言って迫ってきた。

俺はやや気恥ずかしい気持ちになりながらも、その挑戦に応え、受けて立った。

のだが――、数分経過後も、俺と竜宮の決着はついていなかった。

竜宮の様子がおかしい。あれだけ大口を叩《たた》いたにもかかわらず、あまりにも手ごたえがない。

竜宮は積極的に攻めてくるかと思いきや、様子を見つつ、防戦に回るばかりだった。

女子と男子のリーチ差のせい、といえばそれまでなのだが、彼女は今も不敵な笑みを浮かべているのが不気味だ。

しかし、こいつは一体何がしたいのだろうか？

このままでは池のところに行くどころか、ただ時間が過ぎ去るばかりだ……。

と、そこまで考えたところで、思い至る。

「時間稼ぎが目的か……」

俺の言葉に、竜宮は視線を動かしてから、満足そうに頷いた。

……竜宮にとって、開幕で速攻複数の鉢巻きを取った俺と、言うまでもなく要注意である池の組は、放っておけないはずだ。

そんな俺を、たった一組で足止めができたなら、紅組にとっては十分にプラスな働きをしていることになるのだろう。

池の方を見る。あちらを見ても、周囲の四組はほぼ防御に徹していた。

——彼女の言葉を思い出す。

『弱い騎馬が強い騎馬を押さえる』

なんてことだ、竜宮は最初から俺を強い騎馬だと言い、最大限の警戒をしていたわけだ。

「今更気づきましたか。ですが、もう十分時間は稼がせていただきました。残り時間は僅か。……ここからが本当の真剣勝負です」

俺の言葉に、竜宮がクスリと笑い、それから勢いよくこちらに向かってきた。

華奢《きやしや》な腕を必死に俺の鉢巻きへ向けて伸ばす。

その鋭い攻撃を見て……俺は好機と悟った。

作戦が成功した油断か、攻撃にしか意識が向いていない、ほとんど捨て身の攻め。

伸ばされた腕を摑《つか》み、引っ張るとバランスを崩した竜宮。

俺はそのまま、彼女の頭に巻かれた鉢巻きを、あっさりと摑み取った。

彼女と目が合う。

悔しげな表情、だがどこか勝ち誇ったようなその笑み。

その表情の意味を、俺はすぐに理解した。

「ごめんね友木君、鉢巻きもらうよー！」

背後からそんな声が聞こえ、反応をした時にはすでに手遅れ。

上機嫌の鈴木《すずき》が俺の鉢巻きを奪い去り、そのまま去っていった。

「……やられた」

竜宮の鉢巻きを握りつつ、そう呟《つぶや》く俺。

俺は大人しく地面に降りて、「悪い、やられた」と、朝倉たちに向かって言った。

彼らは視線をさっと逸《そ》らした。どうしたのだろうと思っていると、

「友木と竜宮のテンションがおかしかった気がしたけど……そういうこともあるよな」

ニコリと微笑《ほほえ》んだ朝倉に、優しい言葉を掛けられた。

「……ありがとう」

俺は非常に恥ずかしくなり、視線を逸らして呟いた。今日は寝る前に枕を埋《うず》めて悶《もだ》える
ことになりそうだった。

「お疲れさまでした、友木さん」

俺にそう声を掛けてきたのは竜宮だった。

彼女の姿を見た朝倉たちは、恐らく気遣ってくれたのだろう、そそくさと離れていった。

「友木さんに鉢巻きを取られてしまったので、痛み分けという結果になりましたね」

「……よく言う。どうせ鈴木と打ち合わせ済みだったんだろ？」

俺の言葉に、竜宮は苦笑しながら言う。

「鈴木さんには、会長か、あなたの鉢巻きをとる協力をして欲しい、と話をしていたのです。先ほど、あなたが時間稼ぎに気付いた際、タイミングよく鈴木さんが視界に入りました。だから、仕掛けるならここ、と思ったんです」

やはり俺は、終始彼女の手の平の上で踊っていたらしい。

「負けたよ、竜宮」

騎馬から降りて竜宮に歩み寄り、俺はそう言った。

勝ち誇って何事かを言うかと思いきや、竜宮はプイと視線を逸らしてから、

「とはいえ、予定では……友木さんの鉢巻きは私が取るつもりでしたし、私は鉢巻きを取られるつもりもありませんでした。今回はやはり、完全な痛み分けです」

と、つまらなそうに言った。

その様子が負けず嫌いの子供のようで微笑ましく、俺は微《かす》かに口元を緩めた。

そして、ピストルの音が鳴り響いた。競技はこれにて終了のようだった。

各組の得点のカウントが行われ——結局、騎馬戦は白組の敗北になり、これにより総合得点も紅組に逆転された。

「いやー、漁夫の利で鉢巻きとっちゃってごめんね、友木君？」

採点を終えてから、鈴木が俺に向かって話しかけてきた。

彼女は最後まで生き残り、多くの鉢巻きを取ったようだ。

女子が鉢巻きを取ると、点数にボーナスが加算されるので、紅組勝利に大きく貢献をしていた。

「謝ることはないだろ。今回のは完全に、竜宮と鈴木の作戦勝ちだ」

「思いっきり不意打ちだったから、恨み言を言われるかもって思ってたけど、そんなことなさそうだね？」

「まぁな」

興味深そうに問いかけた鈴木に、俺は答えた。

竜宮や鈴木のように立ち向かってくれる相手がいた方が、競技としてよっぽど楽しいに決まっているのだ。

「おかげ様で、楽しかった」

「そう？　それなら良かったけど」

俺の言葉に、鈴木は首を傾《かし》げながらそう言うのだった。

☆

体育祭も残る競技は僅かとなった。

二年の残された種目は、男女混合リレーのみ。

現在点数は逆転されているが、まだまだ巻き返すことは可能なため、全体的に白組の士気は落ちていない。……のだが。

これから最後の追い上げをしなければならない白組である俺たちのクラスの士気は、どうしてか落ち込んでいた。

「あ、優児君《ゆうじ》。おかえりー」

「ああ。……何かみんな、テンションが低くないか？」

俺を見つけて声を掛けた夏奈《かな》に、俺は問いかける。

「それが、春馬《はるま》がリレーに出られなくなっちゃって」

「池《いけ》がリレーに出られない？」

「うん、さっきの騎馬戦の時に足を捻《ひね》ったみたい」

驚いた俺に、夏奈は説明をする。

「四組の騎馬に囲まれて、最後の一組の鉢巻きを取った時、相手の騎手の子がバランスを崩したんだけどね。その子が落ちる寸前、春馬が飛び込んで助けたみたいなんだけど、その時に」

「一体どんなアクロバティックな動きをしていたんだ、池は……？」

「凄《すご》い速さで飛びこんでたよ。だから、着地のことなんて考えてなかったのかもね。観客は大喜びだったみたいだけど、ほとんど最後まで競技していた優児君は気づかなかったよね」

　夏奈は苦笑をしつつそう言った。

　無茶苦茶なことをするなと思いつつ、主人公である池らしい行いだとも思った。

「ああ、そんなことになっていたとは気づかなかった。それにしても、よく足を捻っただけで済んだな」

「不幸中の幸いってやつだ」

　いつの間にか背後にいた池が、夏奈との会話に割り込んで答えた。

　見れば、僅かに引きずるように歩いている彼の右足首には、テーピングが巻かれていた。

先ほどまで治療を受けていたのだろう。

「池、大丈夫なのか？」

「ああ、痛みもほとんどないが、一応、大事を取ってリレーは休ませてもらう」

　想像していたよりも元気そうな様子の池に俺が問いかけると、クラスメイト達《たち》も気づいたようで、視線が一斉に向けられた。

　池はその視線に苦笑を浮かべて応える。

「悪いな、みんな。リレーを控えているのに、怪我《けが》をしてしまって」

「それは別にいいんだって！」

「そうそう、後は俺たちに任せておけって！」

「池の代わりは、バスケ部きっての俊足であるこの日野《ひの》に任せてくれ！……アンカーを務めるのは無理だけど」

日野は努めて明るくそう言ったものの、表情には不安が滲《にじ》んでいる。

「だよね。……結局池君の代わりのアンカーは誰がやるわけ……？」

冷静にそう言ったのは、八木だった。彼女の言葉を受け、他のクラスメイトは気まずそうに口を噤《つぐ》んだ。

池の代役でアンカーなのだ。他のクラスも池が走ることに期待している人は多いため、そのプレッシャーは大きく、できれば避けたいと考えている者ばかりなのだろう。

かくいう俺も、その役目は避けたいのだが……。

「アンカーは優児がやるから、大丈夫だろう」

俺の不安をよそに、池は軽い調子でそう言った。

「マジ⁉　友木《ともき》がやってくれるなら安心だ！」

「迷惑がられると思って頼めなかったけど、ありがとな！」

「池君のインパクトに負けない代役は、確かに友木君しかいないね」

池の言葉に、クラスメイトは安心したように言う。俺がアンカーを走ることを歓迎しているようであり、それ自体は嬉《うれ》しいのだが……。

「ああ、俺も優児なら安心だ」

勝手に答える池に、俺も流石に抗議する。

「ちょっと待ってくれ池。アンカーは流石に荷が重いんだが」

俺の言葉は、池の耳にのみ届く程度の小声だったが、きちんと伝わったらしい。彼は俺を見てから、口を開いた。

「悪いが消去法で、優児がアンカーをするしかないんだ」

「消去法……？」

「優児は、俺と夏奈以外のメンバーとはバトンパスが上手《うま》くいかない。そうなると夏奈にバトンを渡す第一走者か、夏奈からバトンを受け取るアンカーになるしかないが、第一走者になると走る順番を大きく変更していく必要がある。……つまり、優児はアンカーになるしかないんだ」

深刻そうな表情で池の言葉に反論しようと思ったが、少し考えても言葉は出ない。

「理屈では、確かに俺がアンカーを走るしかないか」

と、俺は苦笑して答えた。

貧乏くじを引いてしまったようだが、仕方ない。

そう思っていると、池がおかしそうに笑っていた。

「……というのは建前だ」

「は？　建前？」

「ああ。優児が納得できないときは理屈があった方が良いと思って用意した建前だ。俺の本音は単純だ。優児になら、任せられる。……それだけだ」

池はそう言って、俺の目を見た。まっすぐに向けられたその視線に、偽りはなかった。

「……建前があって助かった。そんな本音しか言われなかったら、恥ずかしすぎて引き受けられないところだった」

俺の言葉に、池は穏やかに笑う。

「それじゃあ俺は、伊井《いい》と一緒に走者の変更を申し出てくるから。優児が走るところ、応援をさせてもらう」

そう言って、池は実行委員の伊井と一緒に、体育祭実行委員会本部へと向かっていった。

取り残された俺の顔を、夏奈が覗《のぞ》き込んできた。

「急にアンカーって言われて、迷惑だったんじゃないかな？」

心配そうに俺の表情を上目遣いに覗き込む夏奈が言った。

「正直驚いたけど、池と夏奈としか、バトンパスが上手くいかないから仕方ない。それに……池に任されたんなら、やっぱり悪い気はしない」

俺がそう答えると、どうしてか夏奈は不満そうに俺を見ていた。

「……どうした？」

俺の問いかけに、夏奈は視線をプイッと逸《そ》らしてから答えた。

「春馬といい冬華《とうか》ちゃんといい、優児君はあの兄妹《きょうだい》に誑《たら》し込まれすぎじゃないかな⁉」

「……一理あるな」

冬華は『ニセモノ』の恋人だから客観的に見れば誑し込まれているのは当然であり、池も相当の人誑しなので、俺が誑し込まれていることを否定できない。

「もうっ！」

俺の言葉に、憤る夏奈。

彼女は俺の体操服の裾を摑《つか》んで、頰を僅かに膨らませた。

「……リレーになったら、余所見《よそみ》は駄目だからね？　ちゃんと、私だけを見てよね？」

可愛《かわい》らしい表情と、甘えるようなその声に、俺は一瞬言葉に詰まってから、

「……渡されるバトンも見ておかないといけないから」

と、言い訳をするようにそう答えた。

少なくとも今は、夏奈をまっすぐに見ることができないくらい、照れくさかった。

☆

「友木さん、今お時間よろしいですか？」

備品のボロボロになっているパイプ椅子に座り、一年生のリレーを呆然《ぼうぜん》と眺めていた俺の下に、竜宮《たつみや》がやってきて声を掛けてきた。

「ああ、問題ない」

俺が答えると、竜宮は「ありがとうございます」と言ってから、俺の隣のパイプ椅子に腰を掛けた。

「会長が走れなくなったことを聞きました」

「足を捻って、大事を取ってな。痛みは大したことないらしいぞ」

「……私の作戦のせいで、会長に怪我をさせてしまいました」

どうしてわざわざ俺のところに来たのかと思ったら、そういう事か。

「誰のせいでもないだろう。もちろん、竜宮のせいでもない。競技中の不慮の事故だ、気にすることはない。……池もきっとそう言うだろう」

俺がそう言うと、どうしてか竜宮は不機嫌そうな表情になった。

「……俺は今、フォローしたつもりだったんだが、何か怒らせるようなことを気づかずに言っていたのなら、教えてもらってもいいか？」

恐る恐る問いかけると、竜宮はムスッとした表情のままこちらを見て言った。

「ええ、会長も実際にそう言ってくださいました」

「池にも、謝りに行っていたのか。……それなら、特に問題はないだろ？」

「いいえ、友木さんの『池のこと、俺にはよーくわかるぜぇ』っていうその態度が……気に入らないと思ったので」

「今のは俺の真似《まね》なのか、竜宮？」

「会長が私のせいではないと言っても、どうしても私は責任を感じてしまうのです」

俺の言葉は、当たり前のように無視をされた。

「だから、友木さんが急遽《きゅうきょ》アンカーに抜擢《ばってき》されたことにも、責任を感じてしまうのです。……ご迷惑をおかけして、申し訳ありません」

俺はその言葉に、一度ため息を吐《つ》いてから答える。

「池と同じことを言うが、竜宮のせいじゃない。だから、何も気にするな」

「……恨み言の一つや二つ、お聞きしても良いのですが」

確かに、急に池の代役になったことにはプレッシャーを感じてはいる。……だが。

「恨み言なんてない」

繰り返しになるが、竜宮には何の責任もないのだ。彼女に恨み言を言うのは、筋違いである。

俺の言葉を聞いて、

「お人好《ひとよ》しですね、友木さんは」

と言って、竜宮はクスリと笑った。

「それでは、言いたいことは言えましたので、私もリレーでは全力で走らせていただきます。会長が走らなかったことを、負けた時の言い訳にはしないでくださいよ？」

「竜宮こそ、池《いけ》がいないのにリレーで負けたからって、体育座りで心の闇を晒《さら》すのは止《や》めてくれよ」

「だからっ、それはもう言わないでくださいっ！」

俺の言葉に、竜宮は不機嫌そうな表情を浮かべて言った。

「……ちなみに。先ほど会長とお話をしていた際、『俺が走らなくても、優児《ゆうじ》が当然トップでゴールをする』と仰《おっしゃ》っていましたよ」

「……急にプレッシャーをかけてきたな」

「プレッシャー？　私としては、敵に塩を送った気分なのですが。友木さんがこの程度のことで緊張するわけありませんし。謙遜も度が過ぎると嫌味ですよ？」

竜宮はそう言い、パイプ椅子から立ち上がった。

「それでは、私は失礼しますね」

「ああ。お互い頑張ろう」

俺がそう言うと、竜宮はじっとこちらを見てから、どこか照れくさそうに言った。

「ええ、頑張りましょう。敵同士ですが、友木さんが走る時は……陰ながら応援しています」

竜宮は、そう言い残して歩いて行った。

俺は意外なその言葉に意表を突かれたが、昨日の敵は今日の友、みたいなものだろうか。

流石は俺の好敵手《とも》、少年漫画脳だな。

……と思いつつ、俺は彼女の言葉を、素直に嬉しいと感じるのだった。

☆

「あ、見つけた！　優児先輩！」

二年の男女混合リレーの選手として、俺が待機場所に移動をしているところに、冬華が声を掛けてきた。

俺がリレーで走る前に、わざわざ激励に来てくれたのだろうか？

「どうした、冬華？」

「どうした、じゃないですよ！　先輩が走る前に、可愛い彼女が気合を入れに来てあげたんですよ！」

キャハ、とわざとらしく笑ってから、冬華がそう言った。

「それは……わざわざありがとう」

「素直にありがとうって言えて、偉いですね先輩！」

偉いのハードルが非常に低く、素直に喜べない。

「それと、うちの兄貴がご迷惑をおかけした様だったので、私からも謝ろうかと」

「俺は気にしていないし、冬華も気にする必要はない」

「そうですか、それなら良いんですけど」

苦笑を浮かべる冬華に俺は言う。

「だけど、池の代わりだからな。やっぱプレッシャーは、結構感じるな」

「兄貴の代わりって考えなければ良いんですよ。先輩がクラスの皆から、アンカーを任されたのは事実なんですから、難しく考えないで、堂々と走ってください」

「それでも、周囲はどうしても池の代わりって思うだろ？　そういう風に考えると、どうもな……」

「他の誰がどう思っていても、先輩自身がそう思っていたとしても。私はそんな風に思いませんよ。……それだけじゃ、ダメなんですか？」

真直《まっす》ぐに見る冬華。彼女のその言葉が、何よりの励みになった。

「……それだけで十分だ」

俺の言葉に、冬華は柔らかく笑った。

その笑顔に対し、俺も笑みを浮かべてから答える。

「ありがとう冬華、精々楽しんでくる」

「彼氏の大一番なので、めちゃくちゃ応援しますからね！　応援する私に見惚《みと》れてバトンパスを失敗しても私は許してあげるので、存分に私に見惚れてくださいね！」

「恋人が応援してくれているのに、そんなカッコ悪いところは見せられないだろ」

俺が苦笑しつつ軽口交じりにそう答えると、冬華は驚いたように目を見開いてから、可愛らしく笑った。

「それじゃあ、カッコいいところを期待してますからね？」

冬華は嬉《うれ》しそうに、俺に向かってそう言った。

「善処する」

俺は冬華にそう答えてから、待機場所へと向かって歩く。

冬華に見送られながら、頑張らないといけないなと思った俺は、自分でも呆《あき》れるほど、単純なのだった。

☆

ピストルの音が鳴り響き、第一走者が走り出した。

とうとう、男女混合リレーが始まったのだ。

俺たちのクラスの第一走者は、野口。野球部で鍛えた健脚で、二番という好順位で次の走者にバトンパスをした。

好調のスタートを切り、A組の面々は安堵《あんど》と興奮が混ざったテンションで、今走っている者へと声援を送っていた。

熱量に多少の差はあれど、他のクラスも概《おおむ》ね同じように声援を送っている。唯一例外なのは、俺の周囲にいる連中くらいか。

怯《おび》えた様子で、決して俺と目を合わせないように委縮しながら、競技の行方を見守っている。俺と似たような位置で待機しているということは、彼らもアンカーなのだろう。

無駄にプレッシャーをかけてしまい、申し訳なく思いつつも、俺はレースの状況を見た。

序盤の現在、竜宮が走っていた。

敵ながら、俺も内心彼女を応援していたのだが、意外なほど彼女は足が速く、前を走っていたA組の男子生徒を追い抜いていた。

クラスメイトが追い越されたため、素直に喜びづらいが、素晴らしい活躍だった。

その後、中盤から終盤にかけて、各選手が追い抜き、追い越されを繰り返しつつ、A組は四番手まで順位を下げていた。

池が走れなくなったことによる士気の低下はない。それでもこの順位になっているのは、やはり運動の得意なメンバーを集めていなかったためだろう。

とはいえ、一位との差が大きくついているわけではない。走者は今、最後から三人目がスタートしたばかりだが、まだ十分に逆転は可能だ。俺はスタートラインに立った。

アンカーである俺の出番も、もうすぐだ。

──その瞬間、周囲の困惑が伝わった。

「A組のアンカーって池じゃねーの？」

「なんでよりによって友木《ともき》なんだよ」

「真面目に走れるの、あの不良……？」

耳に届くそれらの悪意を孕《はら》んだ言葉に、弁明も釈明もない。

ただ、無言で、現在の走者である夏奈《かな》を見る。

彼女は俺にバトンを渡すため、全力を尽くしてくれる。それに応えるためにも、周囲の雑音に、心を乱されてはいけない。

それに、クラスのみんなに認められ、池から託されたアンカーなのだ。失敗するわけにはいかない。


「優児先輩っ！　カッコいいところ、見せてくださいよーっ!?」

深刻に考え込んでいた俺の耳に、冬華《とうか》の声が届いた。

その声に振り向くと、彼女と目が合った。笑顔で大きく手を振ってくる冬華がいた。

彼女の周囲には、苦笑を浮かべているクラスメイトがいたが、冬華は意にも介していなかった。

それを見て、俺は大きく深呼吸をして、高揚していた気分を落ち着かせる。

昨日、池と夏奈から気楽に楽しもうと言われていたのに。

ついさっき、冬華から背中を押されたばかりなのに。

またしても俺は、周囲の声に惑わされそうになっていた。

俺はこの体育祭で、池やクラスメイトの期待に応えたいし、竜宮《たつみや》には負けたくない。

真桐《まきり》先生には、俺が楽しんでいるところを見てもらいたい。

夏奈から真直ぐに渡されるバトンを、完璧に受け取りたい。

そして――。

少しで良いから、冬華にカッコいいところを見せたい。

俺の抱く願いの全てを叶《かな》える、シンプルな方法がただ一つ、あった。

難しいことを考える必要はない。ただ堂々と、全力を尽くして走れば良い。

そう決意をしてから、未《いま》だに手を振っている冬華に対して、俺はらしくもなくサムズアップをして応えた。

冬華は笑顔を浮かべ、ぐっと親指を突き立て応じた。それを確認してから、真剣な表情で走る夏奈へと視線を向けた。

順位は四位だが、この勢いなら三位の走者とほとんど横並びになりそうだ。

そう考えていると、すぐ隣で一位と二位のアンカーが走り出す。それにほんの少し遅れて、三位のアンカー、そして俺も走り始める。

夏奈から、真直ぐに向けられる視線。

練習中の俺は無意識に、彼女から向けられる視線を恐れ、避けていた。

だけど今は違う。向けられた視線を負けじと真直ぐに受け止め、彼女から差し出されるバトンをしっかりと受け取る。

勢いが殺されることはない。最高のタイミングだ。

「優児君、頑張れぇぇぇっ！」

背後から聞こえる夏奈の声に、俺はただ全力で走ることで応えた。

僅かに前を走る三位の走者を、俺はすぐに追い抜いた。

そして、コーナーを曲がりきったところで、一位争いをしていた二人と……並んだ。

横並びの一直線、最後の攻防。

「いけるぞ、優児！」

「友木、あとちょっと！」

「もう少しだ、頑張れ！」

呼吸もできず、脳に酸素が回らず何も考えられない程苦しい時に、俺を励ます沢山の声が、確かに耳に届いた。

体育祭、自分のクラスの代表が走っていれば、声を上げて応援するのは当然のことなのかもしれない。

だけど俺は、そんな当たり前のことで——苦しさをねじ伏せるほどの気力が、驚くほど湧いてきた。

気合を入れなおして、俺は地を蹴る。多くの人の声援が、俺の背中を押し——そして。

俺は、自らの体でゴールテープを切っていた。

9．お義姉ちゃん（?）

二年の男女混合リレーは、A組の一着で終了した。アンカーだった俺はつい先ほどまで走っていた疲労でくたくただったのだが……。

「やったな友木、一着だ！」

「最後よく追い抜いたな！」

「あたし感動しちゃったよ！」

興奮しているクラスメイトに囲まれてしまい、休む間がなかった。

「追い抜いたと言っても、ほとんど差は無かったしな」

俺の言葉に、クラスメイト達《たち》は、

「謙遜するなって！」

「よっ、本日のモストバリアブルプレイヤー！」

などと言って囃《はや》し立ててくる。

あまりにもなれないその扱いに、情けないことに俺の疲労は加速しつつあった。

「悪い、少しトイレに行ってくる」

俺は催してもいないのにそう断ってから、クラスメイト達から逃げるようにその場を後にした。

流石《さすが》に追いかけてくる者はいなかった。

ホッと一息ついてから、宣言した手前トイレに向かおうとしたところ、前方から竜宮が歩いてくるのに気が付いた。

彼女も俺の視線に気が付いたようで、近寄ってきて声を掛けてきた。

「友木さん、一着おめでとうございます。三人抜きなんて、とても素晴らしい活躍でしたね」

「ありがとう。竜宮には負けたくないと思ったから、全力以上が出せたのかもな」

「何を言ってるんですか？　冬華さんに良いところを見せたいという下心のおかげですよね？」

竜宮の言葉を否定しきれなかった俺は、言葉に詰まりつつ答える。

「竜宮も、男子を一人追い抜いていたし、池《いけ》に良いところを見せられたな」

「おや、見ていてくださったんですね」

意外だとでも言いたげな竜宮を見て、俺は苦笑しながら言う。

「友人の応援くらい、普通にするだろ」

「そうですね」

俺の言葉に、竜宮は柔らかな笑みを浮かべてから、

「友木さん、ご相談していた件について、少し話があるのですが」

続けて彼女は言った。

ご相談、というのは池との恋愛相談のことだろう。

他人に立ち聞きをされてはまずいなと思い周囲を見ると、ほとんどの生徒や保護者は、最後の競技である三年生の男女混合リレーを見ているところだった。

この状況なら、他人に聞かれることはないだろう。

「ああ、問題ない」

俺の言葉に、竜宮は柔らかく笑い、言った。

「体育祭で告白をしてもらう、というのは結局駄目でした」

「池が怪我《けが》をして、話をしにいったんだったな。そこで何かあったのか？」

俺の問いかけに、竜宮は首を振った。

「何もなかったです。私が騎馬戦で会長対策の作戦を考えたことを話し、謝罪をした時は、『俺に勝つために策を講じてくれたのは光栄だ。まんまとやられてしまったな』と楽しげに話されていましたが、それだけで。……とても、告白をしてくれるような雰囲気ではありませんでした」

「そうだったのか」

俺は竜宮の言葉に頷《うなず》く。

確かに、その状況から急に池が竜宮に好意を向けて告白をするのは、考えにくい。

竜宮もそのことに気づいていて、落ち込んでいる様子だった。

「実は、とっくに気がついているんです。会長の好きな相手が……私ではないことに」

竜宮は、訥々《とつとつ》とそう言った。

「……どうして、そんな風に思うんだ？」

「簡単なことです。会長ならば、好きな相手にはきちんと自分の想《おも》いを伝えます」

弱々しく微笑《ほほえ》む竜宮の表情を見て、俺はどうしてか彼女の言葉を否定したくなった。

「確かに竜宮の言う通りな気はするが、池には今、彼女がいないんだぞ？　好きな相手には池から告白をするはずというのなら、それはおかしくないか？」

池が告白をしているのならば、当然その相手は告白を受け入れることだろう。竜宮の予想には、致命的な矛盾を抱えていた。

「確かに、ありえない矛盾をしているように思えます。しかし、友木さんのその意見には、反論があります」

「反論？」

「まず一つは、その好きな相手に、すでに恋人がいる場合です。会長はその相手に想いを告げることなく、潔く身を引くのではないでしょうか？」

「なるほど、その可能性はあるな。……ただ、池の口ぶりでは、今も好きな相手みたいだし、潔く身を引いてはいないんじゃないか？　そう考えると、竜宮の言ったパターンとは違うような気がする」

　俺の言葉に、竜宮はゆっくりと頷いてから、再び口を開く。

「友木《ともき》さんの意見に賛成です。私も、会長には現在想い人がいるにもかかわらず、恋人がいない状況なんだと思います」

「だから、それだと矛盾をしているんじゃないか……？」

「いいえ、もう一つ可能性があります。非現実的とすら思えるかもしれませんが……」

　竜宮は深刻な表情を浮かべてから、重々しい口調で言葉を続ける。

「会長が好きな相手に告白したものの、断られてしまった、という場合です。断られたにもかかわらず、会長が今もその相手に好意を抱いている場合、矛盾は生じないのです」

「そんな、馬鹿な……っ!?　池の告白を断る女子なんているはずないだろっ!?」

　竜宮の言葉は、俺には予想もできない驚くべきものだった。

　池の告白を断る女子がこの世界に存在するなど想定できるはずもなかった。

「確かに、バカな話です。ですが、そう考えれば私の考える『好きな相手には自分から告白し、略奪愛もしない』という会長像と一致するのです」

　どこか辛《つら》そうに、竜宮はそう言った。

「会長の想い人が私ではない、というのは……とても、胸が苦しくなります。でも、私にもまだ可能性があります」

竜宮《たつみや》は自らの胸を両手で押さえつつ、続けて言う。

「今はまだ、振り向いてもらえなくとも。会長が好きになった女性よりも、私のことを好きになってもらえるように努力を重ねれば。いずれは会長から告白をしてもらえるのですから」

「……そうなのかもしれないな」

竜宮の言葉に、俺はどこか納得をしていた。

多くの女子から告白を受け、それでも誰とも付き合わない池は、恋愛に興味がないと思っていた。

だが、彼にも好きな人がいると、俺は直接聞いている。

池が告白を迷っていることは想像できないが……池が、一度自分を振った相手に対しても好意を持ち続けつつ、その思いを胸の内に秘めているというのは、意外にも想像できた。

「私が会長に好意を抱いてもらうための次の策は、考えているのです」

「次の策ってことは、今度のテストで勝負を挑むつもりか？」

「いいえ、もっと大々的な行事がもうすぐあるじゃないですか？」

俺は彼女の言葉に、首を傾《かし》げる。

その様子を見た竜宮は、小さくため息を吐《つ》いてから、

「生徒会選挙。……その場での直接対決を考えています」

竜宮は、自信ありげに笑みを浮かべ、そう言った。

「私と会長が次期生徒会長をかけて争い、そして私が勝利をすれば……きっと、これまでよりも一層、私を意識せざるを得なくなるでしょう」

「学年で競うテストよりも、被選挙権のある一、二年の生徒で争う生徒会選挙の方が、分かりやすいか。その選挙で竜宮が池に勝てば、意識せざるを得ない、か」

竜宮の言う通りかもしれない。

生徒会長をかけた真っ向勝負で負けたとなれば、池もその相手を意識することだろう。

俺が無言のままそう考えこんでいると、

「それで……期限について、特に定めていなかったと思うのですが……」

竜宮が、俺に向かってそう言う。

「期限？　何のことだ？」

彼女の言葉の意味がさっぱりわからなかった俺は、問いかけた。

竜宮は恥ずかしそうに目を伏せて深呼吸を繰り返してから、言った。

「これからも、ご相談に乗っていただけると……嬉《うれ》しいのですが」

その言葉を聞いて、竜宮が何を求めているのかが流石に理解できた。

彼女は、この協力関係が体育祭までの期間限定ではないかと、心配になってしまったのだろう。

俺は苦笑してから、答える。

「ここで放り出すようなことはしない。これからも、協力するから、心配する必要はない」

俺の言葉に、竜宮は安心したように一息吐き、それから笑みを浮かべてこちらを見た。

「ありがとうございます。改めまして、よろしくお願いしますね、優児さん」

竜宮は初めて俺の名前を呼び、握手を求めてきた。

「……唐突に下の名前で呼んできたな」

「い、良いじゃないですか。秘密を共有している友人なので、親しみを持ってお呼びするのは」

「竜宮の池に対する想いは、前も言ったが秘められてないので、秘密の共有とは言えないだろ」

「いちいち一言多いですよ、優児《ゆうじ》さんは！……その、建前は色々あるのですが。正直に言うと、会長のこととは関係なく、私が優児さんと仲良くなりたいと思っているだけなんです」

恥ずかしがるように瞳を伏せて、竜宮はそう言った。

「……俺も。竜宮とは仲良くしたいと思ってる」

彼女から差し出された手を、俺は握る。

固く握りあった俺と竜宮の右手。その手に視線を落としながら、竜宮は柔らかな笑みを浮かべて、言う。

「私のことも、親しみを込めてお義姉《ねえ》ちゃん、と呼んでも構いませんよ？」

「おね……？　ああ、乙女《おとめ》ちゃん、ね」

一瞬、お姉ちゃんと聞こえた気がしたが、聞き間違いだろう。流石に、そんな意味不明な呼び方を提案する程、竜宮の頭はおかしくないはずだ。そう思っていると、

「な、会長にも呼ばれたことが無いのに、他の男性に下の名前を呼ばれるわけにはいきません！　乙女ちゃん、ではなく。お義姉ちゃんとお呼びください」

動揺を浮かべる竜宮はそう言った。

「どうして俺が竜宮をお姉ちゃんと呼ぶと思ったんだ？」

「いずれはそう呼ぶことになりますから」

「……すまない。竜宮の言葉は難解すぎて理解ができない」

俺の言葉に、大きくわざとらしくため息を吐いた竜宮。

「良いですか、私の想いが成就し、会長と上手《うま》くいった場合、将来的には結婚……ということになります」

自分で言っていて恥ずかしかったのか、彼女はもじもじしながらそう言った。

「続けてくれ」

俺の無表情の反応がつまらなかったのか、彼女はやや不貞腐《ふてくさ》れたように言う。

「そして、冬華《とうか》さんと友木さんの関係がこのまま続けば、お二人も結婚をすることになるでしょう。……ちなみに、冬華さんを取られるのは悔しいですが、友木さんが彼女と交際することを、今はかろうじて認めていますのでご安心してください」

「竜宮に認められても……」

「近い将来、冬華さんのお義姉ちゃんになる私が認めているのですよ。何が不服なんですか？」

竜宮の言葉を聞いて、彼女の中でどう整理しているのかがやっと理解できた。

なるほど……。

「それじゃあ、これからもよろしくな、竜宮」

俺はそう言って握手する手に再び力を込めた。

「……おや？　照れてしまったんですか？」

不思議そうに首を傾げながら、竜宮はそう言った。俺は当然のことを言ったまでのはずなのに……。

そう言っても、竜宮は納得しないだろうな。そう思い、俺は妥協案を提示した。

「竜宮が池《いけ》と無事に付き合えたら、気が済むまでそう呼んでやるよ」

俺の言葉に、竜宮は感心したように言う。

「なるほど、優児さんは楽しみを後にとっておくタイプなのですね」

「今回の件に関しては、嫌なことを先送りにした結果だよ」

俺の言葉を聞いた竜宮に、非難をされるかと思ったが、

「やっぱり。一言多いですよ、優児さんは」

呆《あき》れつつも、どこか楽しそうに笑う竜宮が、そう言うのだった。

「……お話もできましたし、そろそろ戻りましょうか」

話したかったことは、もう終わったのだろう。表情を明るくした竜宮はそう言った。

「そうだな、三年の競技も、もうすぐ終わりそうだしな」

竜宮と話している最中も、大歓声が耳に届いていた。

時間的に、もうすぐ最終競技は終わる。そうなれば、閉会式もすぐだ。

そろそろクラスに戻っておいた方が良いだろう。

「それでは、ご機嫌よう、優児さん」

「ああ、またな」

俺と竜宮はそう言って別れ、それぞれのクラスの下へと戻ることにした。

それから、待機場所であるテントに向かっていると、周囲をキョロキョロと見回す夏奈《かな》を見つけた。

一人でどうしたのだろうと考えていると、夏奈の視線が俺に向けられた。

彼女は表情を明るくし、それから大きく手を振ってこちらに歩み寄ってきた。

「優児君！　やっと見つけた。一体何してたの？」

「竜宮と少し話をしていた」

問いかける夏奈に対し、俺は正直に答える。

「……竜宮さんだったら安心かなー」

「安心？」

「そうだよ。冬華ちゃんと一緒にいたんだったら、二人でイチャイチャしてたんじゃないかって、すっごく心配だけど。竜宮さんは春馬《はるま》のことが好きだから、問題なさそうかなって」

ニコニコと笑いながらそう言った夏奈。なんと返答したものか悩み、苦笑する。

「そういえば、夏奈はなんで俺を探してたんだ？」

話題を変えるため、俺は夏奈に問いかける。

すると、彼女はハッとした表情を浮かべてから、

「そうだった、優児君！」

夏奈はそう言ってから、大喜びで両手を挙げた。彼女はその後無言だったが、視線で俺にも同じように手を挙げるようにと求めているのは分かった。

求められるまま俺が両手を挙げると、夏奈はすぐに俺の手に自分の手を重ねて叩《たた》いてきた。

「イェーイ、やったね!!」

と、嬉しそうに彼女はバチバチと手を叩き続けた。

俺は戸惑いつつ、「お、おう」と言う他なかった。

しばらくハイタッチに興じていた夏奈が、ハイタッチの流れのまま、重ねた俺の手に、自然に自らの指を絡め、手を握ってきた。

そして、上目遣いに俺を見つめながら、「えへー」と気の抜けた声を漏らしている。

池や冬華と一緒に行ったボウリングでも、このようなアピールをされた覚えがある。油断をしていたようだ。

俺は動揺を悟られないように、努めて自然に彼女の手から離れる。

それから、不服そうに俺に視線を向ける夏奈に、俺は問いかける。

「今のハイタッチは、何だ？」

「何って、リレー。私たち、一番になったでしょ？　だから、喜びを分かち合いたくて！」

キョトンとした様子の夏奈は、それから続けて、

「リレーで上手にバトンパスできて、良かったよね！　練習の成果、ちゃんと発揮できたよね!!」

興奮を隠せない様子で、笑みを浮かべながら言った。

「ああ、そうだな。練習の成果を発揮できて、一安心だ」

俺の言葉を聞いた夏奈は、今度は柔らかな微笑《ほほえ》みを浮かべ、真直《まっす》ぐにこちらを見つめた。

それから、

「急に優児君がアンカーになって、私も走る順番が変わって、びっくりしたけど。でも、優児君の格好良いところを特別な場所から見られて私は大満足でした」

とても温かな声音で、夏奈はそう告げた。

気恥ずかしいその言葉を聞いて、俺は再び感慨に耽《ふけ》る。

一人サボっていた去年の体育祭とは大違いだ。

友人やクラスの皆と一緒に頑張る、その尊さに気づくことができて良かったと、俺は思う。

「ありがとう。夏奈も、カッコよかった」

運動部の男子を普通に抜き去った夏奈に、俺は素直にそう言った。

すると、照れ臭そうにはにかんだ夏奈が、

「ありがとっ！」

と答えた。

そんな時、突然わぁっ、という歓声が耳に届いた。そのすぐ後に、アナウンスが聞こえる。

「最後の競技が終わったみたいだね」

「ああ。俺たちも、クラスに戻るか」

「うん、そうしよっか」

　そう言葉を交わして、俺たちは並んでクラスへと戻るのだった。

10．友人キャラと……

閉会式は、滞りなく終わった。

結果は、俺も所属する白組の勝利。真面目に体育祭に取り組んでいたクラスの連中は、喜びを分かち合っていた。

そして――、

「やったな、友木《ともき》！」

「白組優勝、当然だよな？」

「友木君ももっと喜んで！」

嬉《うれ》しそうな表情を俺に向けたクラスメイトから、沢山の声が掛けられる。

「ああ、やったな」

こんな風に声を掛けられた経験がない俺は、戸惑いつつも一言彼らに応える。

まともに参加した、初めての体育祭が勝利で終わったことは、正直とても嬉しかった。

だけどそれよりも、彼らと共に喜びを分かち合えることが、俺にはなによりも嬉しかった。

喜びの余韻に浸りつつ、体育祭の片づけを全校生徒で済ませた後、形ばかりのＨＲのために教室へと戻り、そこで担任教師から労《ねぎら》いの言葉をもらった。

体育祭の全工程は、これにて終了した。

と、いうわけで。

「よっしゃー、この後時間があるやつは、打ち上げ行くぞー!!」

「駅前のカラオケ、何人まで入れたっけ?」

「私の歌を聴けぇっ!」

クラスの連中は、体育祭というイベントを勝利で終えたため、非常にテンションが上がっているようで、大いに盛り上がっていた。

そんな盛り上がりを尻目に、俺は周囲から気づかれないよう、そっと荷物を手に取って、廊下へと出た。

「あ、優児《ゆうじ》先輩!」

すぐに、聞きなれた声が耳に届いた。

その声の主はもちろん冬華だ。

「おう」

俺が一言応じると、彼女はわざとらしく耳元に手を当て、それからニヤリと笑ってから、

「おやおや、先輩? 今クラスの皆さんは打ち上げのことで大盛り上がりみたいですが、先輩はそんなことは放って、私と一緒に帰ろうとしてくれていたんですかね?」

と、揶揄《からか》うような調子で問いかけてくる。

廊下にいても、クラスの連中の騒ぎようは聞こえてくる。

冬華《とうか》の耳にも、当然のように打ち上げの話は入っている。

「そういうわけじゃない」

「お得意の照れ隠しですか？　リレーで大活躍した先輩が、クラスメイトから打ち上げに誘われないわけないでしょ？　にもかかわらず一人でこうして廊下に出てきたということは……私との下校デートが楽しみで仕方がなかったというわけですよね!?」

冬華の言葉に、俺は面映《おもは》ゆくなる。デートがどうこう言われたからではなく、俺がクラスメイトから打ち上げに誘われる前提で話してくれたことに、だ。

どうにも、くすぐったい気分になる。

「冬華は、勘違いをしているな」

「勘違い……ですか？」

俺の言葉に、キョトンとした表情で首を傾《かし》げる冬華。

「ああ。例えば、池《いけ》や朝倉《あさくら》は、俺に打ち上げに参加をしないか、声をかけてくれるだろう」

「そうでしょうね」

「そして、俺がそれを快諾したとする」

俺の言葉を聞きながら、ふむと頷《うなず》いている。

「その後、俺が打ち上げに参加することを知ったクラスメイトが、ちょっと気まずそうな態度を取ったとする。その場合、情けないことだと思うが俺はすぐに店を出ることになる。そして、クラスメイトにさらに気まずい思いをさせてしまうことになるだろう」

俺の言葉を聞いた冬華は、一度大きく頷いてから、どこか寂しそうな表情になり、それから優しく微笑んで言う。

「自分が傷つきたくないだけの、ヘタレじゃないですか」

冬華の言葉に、俺は苦笑を浮かべて応える。

「笑顔で結構辛辣なことを言うな。……でも、そうなんだと思う。これまでずっと嫌われ者だったのに、急に多くの人間から好意を向けられても、実感が湧いてこない」

冬華は俺に向かって悪口を言ったわけではない。

彼女の言葉の後には、『先輩は、そんなヘタレじゃないはずですけど？』というのが続くのだろう。

……だけど。

「下手なことをして、万が一にも、拒絶されたくない。ビビっているんだよ、コミュ障の俺は」

俺は冬華の思っている以上のヘタレに違いない。

冬華は、無言のまま俺の言葉に耳を傾けていた。

それから、しょうがないな、とでも言いたげな表情をしてから、右手を大きく振りかぶり……。

バン！

と、大きな音を伴わせ、思いっきり俺の背中を叩いた。

「……普通に痛いんだが」

「何を言ってるんですか、こーんなにか弱い女の子が何をしたって、屈強な先輩にはダメージ0のくせに！」

そう言いながら、冬華はけらけらと笑う。

俺は、なんじゃこいつ……と思いつつ、無言のまま冬華を見た。

彼女は俺の視線に気づいたのか、笑うのをピタリとやめ、真剣な表情を浮かべて俺を見る。

「大丈夫ですよ。このクラスの人たちは、先輩が良い人だって、とっくに分かっているんですから。今更拒絶なんかしませんよ」

優しい声音でそう言ってから、今度は上目遣いに俺を覗《のぞ》き込んできた。

「それに、万が一拒絶されちゃったときは、この超美少女な彼女が、思いっきり傷心を癒してあげますし？　あ、こうなっちゃうと、みなさんに拒絶された方が先輩的には儲《もう》けものになっちゃいますかね⁉」

楽しげな表情で、彼女はそう言った。

既に情けないところはたっぷりと披露した後だが、それでもここまで冬華に言わせてしまって、途端に恥ずかしくなった。

「……ありがとう、冬華。……まるで、俺の保護者だな」

俺がお礼を言うと、彼女は上目遣いに覗き込んでくる。

「保護者じゃなくて、恋人なんですけど？」

「……そうだったな」

そう答えると、彼女は満足そうに頷いてから、俺の背中を押し、教室へと押し込んだ。

「それじゃ、先輩。健闘を祈ります！」

最後に彼女はそう言ってから、廊下を引き返していった。

「お、友木君見つけた！」

「ちょ、どこ行ってたん⁉」

「まぁいいや。友木君も、打ち上げ来るよな⁉」

教室に入った俺に声を掛けたのは、普段から仲良くしている池でも、夏奈《かな》でも、朝倉でもなかった。

ほとんど話をしたことのないようなクラスメイト達《たち》が、楽しそうな表情で俺を誘ってくれていた。

ただただ、嬉しかった。これまでの学校生活で、こんな風に多くのクラスメイトから声をかけられることなんてなかったから。

感無量だった俺は少しの間、返答することができずにいた。

「……あれ、もしかして今日は無理そう？」

一人の男子が、気まずそうに、俺に向かってそう問いかけた。

「いや、大丈夫だ。俺も参加する」

俺の言葉を聞いた男子たちは、嬉しそうにガッツポーズを取る。

「よっしゃぁぁぁぁぁぁぁぁぁぁぁぁぁ！」

と、多くの男子生徒が歓喜の叫び声まで上げた。

流石《さすが》に、こんなに喜ばれるとは思ってもみなかった。

先ほど冬華も言っていたが、リレーで活躍したため俺は、本日限りでクラスの人気者になったのかもしれないな、と思っていると……、

「葉咲《はさき》ー、友木君来るってよ!!」

「これで、葉咲も来てくれるよな!?」

と、近くにいた夏奈に声をかけた。

「ホント!?　優児君が行くんだったら、私も行くよ、もちろん！」

と、夏奈が嬉しそうな表情で応えた。

そして、夏奈の返事を聞いたクラスの男子がさらに盛り上がる。

その様子を見て、俺は複雑な気分を抱き、苦笑する。

いつの間にか隣に立っていた朝倉が、どこか気難しそうな表情を浮かべてから、俺に告げる。

「葉咲がな、友木がいなければ自主練するために帰るって言ってたんだ。だから、あいつらは熱心に友木を誘っていたんだよ」

「そうらしいな」

俺はそう呟《つぶや》いた。

流石に、あんなに熱心に誘われるわけなかったな、と自分の思い違いに少し恥ずかしくなってしまった。

「……あいつらは何もわかっていないんだ」

固い声音で、朝倉が言った。

俺は、彼を見る。もしかして、俺の扱いに……怒ってくれているのだろうか？

「やったー、今日は冬華ちゃんの邪魔もないし、楽しくなりそうだね！　よろしくね、優児君？」

そう考えていると、夏奈が俺に近寄り、笑顔で迫ってきた。

「ああ、よろしく。……少し、距離が近いんだが？」

「えー、もっと近づいた方が良いと思うけど？」

と、人懐っこい笑みで、俺の服の袖をつまんでくる夏奈。

「……そんな、葉咲ぃ……」

「おいおいおい」

「死んだわあいつ」

俺を熱心に誘ってくれていたクラスメイト達が、揃《そろ》いも揃って跪《ひざまず》き、嘆いていた。

そんな彼らを見て、朝倉は同情をにじませつつ、言った。

「今回の打ち上げに来るのは、友木《ともき》と葉咲ではない。……葉咲という美少女を侍《はべ》らしている友木が来るんだ……っ！」

と、意味の分からないことをほざきつつ、彼もまた悲しみに暮れていた。

……別に怒ってくれていたわけじゃなかったんだな、と俺は苦笑を浮かべる。

「お、友木君も来るの？」

「マジ？　カラオケ何歌うの？」

「ヤバ、ウケる」

と、今度は普通に俺のことを歓迎（？）してくれている様子のクラスメイトが現れた。

良かった、俺は葉咲のおまけじゃなかったんだな……そう安心しつつ、「おう、よろしくな」と応える。

「よろー」

「また後でゆっくり話そうな」

数人とそんな風に挨拶を交わしていると、

「駅前のカラオケ、予約とれたから移動しようぜー」

教室の前の方で、誰かがそう言うと、クラスの連中はその声に従い、各々荷物を持って教室から出て行った。

「一緒に行こうよ、優児《ゆうじ》君」

夏奈の言葉に俺は頷いて、一緒に教室を出る。夏奈と並んで歩きながら、初めてのクラス会を楽しみにしていたが、不意に一つの疑問が浮かんだ。

……冬華は、何をしにこの教室まで来たんだろうか？

☆☆☆

誰もいない屋上から、校庭を見下ろす。

ついさっきまで体育祭で盛り上がっていた校庭も、部活動の自主練をしている生徒が数人いるくらいで、なんだか寂しく見えた。

「あんなこと、言わないほうが良かったかなー……」

私の口から漏れた呟きは、誰の耳にも届くことはない。

本当は、一緒にいたかった。

だけど、自分に自信が持てない弱気な先輩をそのままにして、私と一緒にいてくださいなんて……とても言えなかった。

私は先輩が好きだし、たくさんの時間を一緒に過ごしたいとは思っているけど。

先輩は素敵な人だから、先輩の良いところをたくさんの人に、私は知ってもらいたい。

そして、たくさんの笑顔に囲まれて、先輩にも笑顔になってもらいたい。

……なんて、本当の恋人でもないのに、そんな風に考える資格が私にあるんだろうか？

ため息を一つ吐《つ》くと、スマホが震えて着信を告げた。

画面の表示を見ると、クラスの子から連絡が来ているようだ。

私たちのクラスでも、今日は体育祭のお疲れ様会という名目の打ち上げがあった。その会場がどこかを聞いたら、快く教えてくれた。

先輩と一緒にいたいから、最初に誘われた時は断ったんだけど……やっぱり、行くことにした。

先輩をダシにして、これまでクラスメイトからの誘いは断ることが多かったけど、これからは私ももっと、みんなと仲良くしないといけないのかも、と。

クラスメイトの誤解を無くし、打ち解けた優児先輩を見て、少しだけそう思った。

「さて、そろそろ行こっかな」

私は一人呟いて、出口へと向かいながら、考える。

きっと、先輩は初めてのクラス会を楽しんでくるんだろう。

あのクラスの人たちは、ノリがいいし、優児先輩を受け入れる懐の広さも間違いなくある。

朝倉《あさくら》先輩だっているし、何より兄貴もいる。……葉咲先輩がいるのが、私にとっては悩みなんだけど。

そんなわけで不安な気持ちもあるんだけど、今は、先輩が目いっぱい楽しんでくれることに期待して、私もクラス会を楽しんでこよう。

そう決心して、扉を開こうとして――。

「冬華《とうか》、いたか」

目の前の扉は、私が触れるまでもなく開いた。

「……え？」

そして、ここにはいないはずの彼がいた。

☆☆☆

「冬華、いたか」

屋上の扉を開けると、目の前に冬華がいたため、思わず俺はそう声に出した。

「……え？」

俺が来るとは思いもしなかったのだろう、彼女は呆然《ぼうぜん》とした様子で間の抜けた声を出していた。

「なんで先輩がここに……？　クラスの人たちと打ち上げに行ったんじゃないんですか？」

と、言葉を漏らした冬華。

「打ち上げには少し遅れて参加する。ここにいるのは……冬華がいそうだって思ったから」

「ええと……つまり優児先輩は、私を探していたんですか？……どうして？」

冬華は動揺を浮かべたまま、俺に問いかける。

「少し、気になることがあってな」

「気になること……？　メッセージじゃダメだったんですか？」

「ああ。直接確認したくてな」

そう前置きをしてから、俺は冬華に問いかける。

「どうして、冬華はさっき、ウチのクラスまで来たんだ？」

その問いに、冬華は再び動揺を浮かべた。

それから、髪の毛を指先で弄《いじ》りながら、答えた。

「私はただ……今日はクラス会に参加するから、一緒に帰れないですって言いに行っただけですから」

「それこそ、メッセージを送れば済む用件だよな？」

「そ、れはですね。私が義理堅く律義で可愛《かわい》い後輩で恋人なので、お足元の悪い中お越しいただいたわけですよ。……わかりますよね、ね？」

顔を真っ赤にした冬華は、誤魔化すように意味不明の供述をした。

その様子を見て、きっと俺には知られたくないことなんだろうな、と察しがついた。

流石に、ここまでされて冬華の気持ちに気づかないわけがない。

——冬華は、俺がおじけづいてクラス会に参加しないだろうと予想し、直接会って背中を押しに来てくれたのだろう。

それ以外に、冬華がわざわざウチのクラスに来る理由がなかった。

「な、何を笑っているんですか!?」

顔を真っ赤にしたままの冬華が、俺に向かって大声で言った。

俺の頬は、いつの間にか自然と緩んでいたらしい。気をつけなければ。

誤魔化す冬華に直接礼を言うのは、野暮だろうなと思った。だから俺は、俺なりに感謝していることを伝えようと思い、彼女に向かって言う。

「明日。冬華さえ良かったら、俺と二人で体育祭の打ち上げをしてくれないか?」

言い終えると、彼女は真顔になり、「……え?」と呟いた。

それから、先ほどよりもなお顔を赤くしつつ、

「マジトーンで口説かれちゃうと……普通に照れちゃうじゃないですかー……」

と、もじもじしながら、冗談っぽい言い回しで、彼女はそう言った。

「口説いてるわけじゃないっての。体育祭の準備期間中は、一緒に昼飯を食べられなかったから、早いところ埋め合わせをして、御機嫌取りをしておこうと思っているだけだ」

俺がそう言うと、冬華は胡乱気《うろんげ》な眼差《まなざ》しで、こちらの顔をじろじろと見た。

それから、「……はぁ」と、露骨にがっかりしたように、ため息を吐いた。

一体、どうしたのだろうか?

そう思っていると、彼女は俺の隣に並んでから、口を開いた。

「そう言えば先輩、今日の会場はどこですか?」

「駅前のカラオケボックスだけど、それがどうした?」

俺が答えると、冬華はゆっくりと階段を下り始めた。

それから、振り返らずに次の言葉を告げた。

「私のクラスも、駅前のとこでやるみたいなんで、一緒に向かいましょっか。明日の打ち上げ、どこで何をするかを歩きながら話しましょ？」

柔らかな声音で、冬華はそう言った。

どうやら、俺の誘いを受けてくれるらしい。

「ああ、そうするか」

俺は階段を下り、早足で彼女に追いつき、そして並んだ。

お互いの手が、触れるか触れないかの微妙な距離だった。

この距離こそ、まさしく『ニセモノの恋人』である俺たちの距離なんだろう。

夏祭りで儚《はかな》く消えるのでは、と憂慮したが、俺と冬華の関係はもう、そんな簡単に終わったりはしないだろう。

だけど竜宮《たつみや》が言った、『いずれは結婚』なんてことにはならないとも分かっている。

この関係も距離も、いずれは変わってしまうだろう。

……だけどそれは、決して今すぐの話ではないはずだ。

だから……もうしばらくはこの関係を、精一杯楽しんでいきたい。

「先輩、マリトッツォって知ってます？」

「聞いたことないな、なんだそれは？」

「今ＳＮＳでバズってるスイーツです。食べに行きましょうよ、話題のスイーツを食べる優児先輩なんて、想像しただけで笑顔になっちゃいますよ」

「流行《はや》りのスイーツを食べている俺は、そんなに笑えるか？」

「笑えますね。先輩と一緒にいると、なんでも楽しいですから」

軽やかな歩調で階段を下りながら、あざとい言葉を放つ冬華。

呆《あき》れつつも、彼女の笑顔を見ていると、腹立たしさを感じないのは、冬華とのこの関係を心地よく思っているからだ。

冬華との付かず離れずのこの距離が、できるだけ長く続くように、と。

そんなことを考えながら、俺は彼女と共に歩くのだった。

あとがき

『友人キャラの俺がモテまくるわけないだろ?』第5巻を手に取っていただきありがとうございます、著者の世界一です。

応援してくださる読者の皆様のおかげで、こうして5巻を出すことができました。いつも応援していただき、本当にありがとうございます！

書籍を継続して出せるだけでもありがたいのですが、今回はなんと……コミカライズ第一巻も（ほぼ）同時発売となっております！

コミカライズ版は一迅社様の「まんが4コマぱれっと」誌上にて連載中で、そのコミックスが発売中です。

書籍5巻まで手に取っていただいている読者の皆様は、コミカライズ版も読んでいただいている方が多いかと思うのですが、漫画担当のはるまれ先生のおかげで、とても素晴らしいコミカライズになっています！

現在は書籍一巻の範囲を描いているところですが、非常に面白いです！　毎回ネームを楽しく読ませていただいています！

特に個人的にツボだったのは、優児《ゆうじ》くんと冬華ちゃんが映画を観《み》に行ったときの、映画のタイトルです。秀逸でした……！

そんなコミカライズ第一巻、今なら各専門店さんにて書籍版との同時購入特典で私の書き下ろしSSリーフレット等がもらえるみたいなので、是非ご一緒に購入していただければと思います。

そしてコミックといえば、最終回を迎えた「チェン○ーマン」の話は外せないですね。衝撃の最終回でしたが、読後感は驚くほどすっきり爽やかだと感じました。

続くデンジくんの物語、二部も今から非常に楽しみです！

コミカライズの宣伝はこのくらいにしまして、今巻では夏休みが終わり、二学期に入りました。

これまでの学校生活では考えられない変化に戸惑う、ヘタレで情けない優児くんが今巻の見所です。ギャップ萌《も》えというやつですね。

今巻はほかにも、行間で優児くんを応援し続ける紅組《あかぐみ》一年応援団、いつの間にか話題にすらあがらなくなっている元生徒会長、二人の親父《おやじ》の出会い、著者である世界一渾身《こんしん》の書き下ろしあとがきなど、見所がたくさんありました。

楽しんでいただけましたら、本当に幸いです。

また、本当にありがたいことに、ファンレターをいただいております。いただいたファンレターは必ず読み、一人にやにやとしています。

そして、5円玉貯金についてですが、「わざわざ一枚ずつ硬貨の数を数えなくても、まとめて重さを量れば何枚貯《た》まっているかわかるのでは？」と、とうとう気づいてしまいました！

ちなみに、知りたいという人は、驚いたことに一人もいませんね！

――と、いうわけで！

引き続きこのコーナーでは読者の皆様からのお便りを募集しています。

みんなの軽めの人生・恋愛相談のお便り、「友人キャラの俺がモテまくるわけないだろ？」やまんが4コマぱれっとの好きな作品のご感想、「仮想通貨がもう少し値下がりすれば、宝くじ感覚でちょっと取引してみようか……」と思いつつ、結局取引しないメカニズムの解説について等々、みんなのお便り待ってます。

あて先は、こちら☞。

〒141-0031　東京都品川区西五反田8-1-5　五反田光和ビル　4階
オーバーラップ文庫編集部「世界一」先生係もしくは「やっぱりがんばれ負けるな世界一」先生係

——言いたいことは大体言えたので、唐突に謝辞です。


担当さん、いつもアドバイスをありがとうございます。WEB版からの加筆修正・書き下ろしについて、今回ばかりはダメかとあきらめかけましたが、おかげさまでなんとか形になりました！

ご面倒をおかけしてばかりですが、今後ともよろしくお願いいたします。


毎回素敵なイラストを描いてくださる長部《おさべ》トム先生！

どのイラストも素晴らしいのですが、今回は特に慌てる真桐《まきり》先生がすごくかわいいと思いました！

素敵なイラストを描いてもらうのを、いつも楽しみにしています。

ありがとうございます、今後ともどうぞよろしくお願いします！


コミカライズ担当のはるまれ先生！

毎回楽しく漫画を読ませていただいています！

冬華《とうか》ちゃんは可愛《かわい》く、優児くんはかっこよく、そして怖く！　各キャラクターが生き生きとしていて、とても面白いです！

個人的には、冬華ちゃんをナンパした不良たちの強面《こわもて》に、ときめきが止まりませんでした…！

とても面白いコミカライズにしていただき、ありがとうございます！

今後も、どうぞよろしくお願いします。


そして、営業の皆さん、書店の皆さん、デザイナーの方や校正の方々等、この本を出版するまでにご尽力くださった皆さんにつきましても、本当にありがとうございます。

皆さんのおかげで、いつも素敵な小説を世に送り出すことができていると思います！

本当にいつもありがとうございます！


そして最後になりましたが、この本を手に取っていただいた読者の皆様！

冒頭でも申しましたが、お陰様で第5巻も発売できました！　本当にありがとうございます！

これから物語は終盤に入り、それぞれのキャラクターの関係性も変わっていく……と思います。

その変化が、すべての登場人物にとって望んだものにはならないのかもしれませんが、それでも最後まで見届けてもらい、最後まで読んで良かったと思ってもらえれば、とてもうれしいです。

最後までお付き合いいただけるように、これからも頑張ります！

それでは、第一巻も発売されたコミカライズ版含めて、今後とも「友人キャラの俺がモテまくるわけないだろ？」をよろしくお願いいたします。

次のページから次巻の生徒会選挙編の予告的なお話があるので、もう少しだけ第5巻にお付き合いください。

友人キャラと主人公

俺のこれまでの人生は、紛れもなく最悪だった。

——そんな過去は、今となってはどうでも良いことだ、と。

そう言える日々が来るとは、きっと以前の俺は想像もしていなかっただろう。

全てのきっかけは、この世界の主人公である池春馬《いけはるま》と出会ってから。

俺を取り巻く世界は、それから劇的に変わった。

不良と恐れられ、避けられていた俺に、友人と呼べる相手ができた。

ほとんど話をしたことが無いようなクラスメイトたちも、俺に怯《おび》えずに接してくれるようになった。

そして、俺のことを毛嫌いしていた竜宮乙女《おとめ》とさえ、今では良好な友人関係を築けている。

周囲が俺に向ける感情が変わり、周囲との関係も変わった。

現状に不満を抱き、期待することはなく、ただ漫然と『何か』が変われば良いのに、と行動も起こさずにいた俺だが、今はこう願っている。

これから先も、こんな心地の良い日常が変わらず続いて欲しい——と。

☆

換気のために開けられた窓から入る冷たい風が頬を撫《な》でる。ポケットに突っ込んだ手を握り、肩をすくめると、秋の終わりと冬の始まりを実感する。

生徒会選挙も無事に終わり、二学期も折り返しが過ぎている。

文化祭と修学旅行が終われば、クリスマスが来て、気が付けば新年を迎えていることだろう。

俺は今、選挙を終え、二期連続で生徒会長に選ばれた池とともに、生徒会室の中で二人きり、話をしているところだった。

「優児は、どんな時に孤独を感じる？」

池は俺を一瞥もせずに、そう問いかけた。

問われた俺は、その質問の意図が分からずに戸惑う。しかし、池から続く言葉を聞くことはできなかった。

「孤独……？」

俺は池の言葉を反芻《はんすう》し、思案する。

その言葉は……残念なことに、俺にとって非常になじみ深いものだ。

夏奈《かな》と疎遠になり、池に出会うまで、俺はずっと一人だった。

それまでの俺は、間違いなく孤独だった。

だけど、今はどうだろうか？

意識せずとも、冬華や夏奈、そして池をはじめとする友人ができた今は、自然と一人でいる時間が減った。それどころか、一人でいるときでさえ、スマホのメッセージアプリを通じてコミュニケーションを取ることも多い。

「誰かと一緒にいたい時に一人でいると、俺は孤独を感じる……のかもしれない」

だから俺は、一人きりで過ごした昔を思い出し、池に対してそう告げた。

誰か一緒にいて欲しい。

そう思いつつ一人でいるしかなかったあの頃の俺は——確実に孤独だった。

——今は、すぐに調子に乗って揶揄《からか》ってくる『ニセモノの恋人』のおかげで、そんな孤独を感じる暇もなくなってしまったが。

俺の答えに、池は俯きながら「そうか」と一言呟《つぶや》いた。

憂いを帯びたその声に、何やら様子がおかしいといまさらながらに思った俺は、不安に思い、

「どうした、池……？」

と、彼の名を呼び掛けた。

池は、ゆっくりと顔を上げてから、口を開いた。

「俺は、大勢の人に囲まれているときに、自分が孤独だと――、そう感じる」

諦観の滲む、怖いほど穏やかな声音で、池は弱々しい表情を浮かべて言った。

……俺は、何を言われたのか全く分からなかった。

人勢に囲まれているのに、孤独を感じるなんて、まるで矛盾している。

いや、そもそもこれまで、池はそんな様子を見せることはなかった。少なくとも俺の目に映る池春馬は、いつだって誰からも好かれる完璧超人で、この世界の主人公にしか見えなかった。

一学期に行われた勉強会の運営をした時も、体育祭で周囲から頼られていた時も、つい先ほど生徒会選挙で会長に選ばれたその時も——。

大勢の人間の笑顔に囲まれる池が、孤独に苛まれているようには、俺には見えなかった。

だから俺には、池の孤独が信じられなかった。

呆然とする俺の表情を見ても、池は前言を撤回はしなかった。

「沢山の人に囲まれている時こそ、俺の中の孤独は際立つ。……どうしようもなく、な」

繰り返し、俺に向けてそう言った池は、既に弱々しい表情を浮かべてはいなかった。

ただ、いつものように。優しげな微笑《ほほえ》みを浮かべていた。

彼のその笑みを見て、俺は思う。

俺の願いは、どうしようもなく的外れだったのではないか、と。

この居心地の良い日常は、池がいなければありえなかったものだ。

だけどそれは、池が孤独を抱えていることに気づきもせずに、俺がのうのうと享受してきた日常だ。

それを知った今。

俺は、これまで通りの日常を過ごすことなど……できはしないのだろう——。

OVERLAP

友人キャラの俺がモテまくるわけないだろ？ 5

発　　行　2021年7月25日　初版第一刷発行

著　　者　世界一
発 行 者　永田勝治
発 行 所　株式会社オーバーラップ
〒141-0031　東京都品川区西五反田 8-1-5
校正･DTP　株式会社鷗来堂
印刷･製本　大日本印刷株式会社

Printed in Japan ISBN 978-4-86554-958-4 C0193

絶望と最強の兆しを手に
少年は超大作エロゲの世界を生きる――!!
エロゲ転生
運命に抗う金豚貴族の奮闘記1
著 名無しの権兵衛 イラスト 星夕
8月25日発売!
オーバーラップ文庫

OVERLAP NOVELS
CHECK!!!
8月25日発売!
ハズレ適性の生産魔術で
辺境の村を
大改造!?
赤池宗
イラスト：転
お気楽領主の楽しい領地防衛 1
～生産系魔術で名もなき村を最強の城塞都市に～